안간힘

안간힘

유병록 산문집

창비

그리운 아들과
사랑하는 아내에게

차례

에필로그

1부

위로를 찾아서

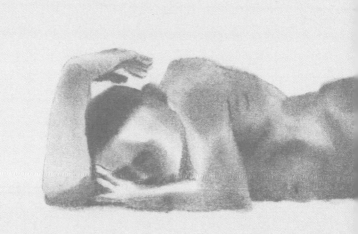

슬픔이 인간을 집어삼킬 수 있다는
그 사실을 믿지 않은 시절이 내게도 있었다

—「수척」

치욕의 힘으로

등나무 그늘 아래였다. 9월의 어느 화창한 토요일 오후. 해가 뉘엿뉘엿 지고 있을 무렵이었다. 우리는 등나무 그늘 아래의 나무 탁자에 둘러앉아서 죽을 먹었다. 나와 아내, 부모님, 누나들의 가족이 마주한 자리였다. 우리는 별다른 말 없이 숟가락으로 죽을 떠먹었다. 사정을 모른다면, 노을 질 무렵까지 소풍에서 돌아가지 않은 화목한 가족의 모습으로 보였을까.

그날은 아들이 세상을 떠난 날이었다. 장소는 장례식장 앞이었다. 불과 몇 시간 전까지 방긋 웃던 아들이 더 이상 세상에 존재하지 않게 된 저녁이었다. 아들은 온기를 잃고 장례식장 안에 누워 있었고, 나는 누나가 사 온 죽을 먹고 있었다. 그것은 치욕이었다. 아들을 잃고 무언가를 입에 넣는다는 게 그렇게 치욕스러울 수 없었다. 그러나 뭐라도 먹고 정신을 차려야 한다고, 오늘내일 해야 할 일이 많을 테니 뭐라도 먹고 힘을 내야 한다는 이야기를 들으며, 꾸역꾸역 죽을 입 속으로 넣었다.

뭐라도 먹어야 한다는 건 옳은 말이었다. 명확하게 기억나지 않지만, 그날 밤까지 나는 끊임없이 소리를 지르고 아들의 이름을 불렀다. 아무것도 먹지 않았다면 내 안에 가득 찬 슬픔을 밖으로 퍼내는 일이 어려웠을지도 모르겠다.

죽을 먹고 나서는 끓어오르는 슬픔과 끓어넘치는

치욕을 감당하기 어려웠다. 그때 담배 생각이 났다. 곁에 있던 매형에게 담배를 한 대 달라고 했다. 끊은 지 몇 년이 된 담배를 다시 입에 물었다. 익숙하게 불을 붙이고 나서 길게 연기를 내뿜었다. 정신이 몽롱해지고 무언가 가라앉는 듯한 느낌이 들었다. 그 거대한 슬픔이 담배 따위로 다소간이라도 줄어든다는 게, 그 거대한 슬픔을 견디지 못해서 결국 담배의 힘을 빌린다는 게 치욕스러웠다. 그러나 연이어 담배를 피웠다. 참을 수가 없었다.

밤이 이슥해지고 나니, 주변에서 한숨이라도 자야 한다고 조언했다. 잠이라니. 아들이 세상을 떠났는데 잠을 자라니. 그러나 내일 아들을 화장하고 산에 뿌리려면 아빠가 한숨이라도 자고 정신을 차리고 있어야 한다는 말에, 나는 장례식장 한구석에 눕고 말았다. 어둠 속에서 희미한 천장을 바라보며 도대체 이게 무슨 일인가 생각하다가, 이런 상황에서 잠을 잔다는 게 당최 말이 되는가 생각했다. 치욕스러웠다. 내 자신이 혐오스러웠다. 그러나 잠들어버렸다. 서너 시간쯤 자고 일어났을 때, 내가 잠들었다는 사실이 더없이 끔찍했다. 슬픔을 뒤로 미루고 잠이 들고 만 내 자신이 미웠다.

새벽녘, 나는 구석에서 컵라면을 먹었다. 역시나 주변에서는 뭐라도 입에 넣어야 한다고 이야기했다. 도저히 무엇을 먹을 자신이 없다고 말했지만, 결국 컵라면을 먹었다. 배가 고프지는 않았지만 라면을 먹지 않는다면 아들의 장례를 치르는 상황에서 배가 고파질지도 모른다는 끔찍한 생각도 했다.

아들은 작은 관에 담겼다. 차가운 몸으로 누워 있었다. 나는 아들을 태운 차에 함께 타고 화장장으로 갔다. 예정된 시간이 될 때까지 아들은 차에 타고 있었다. 다른 가족들은 모두 대기실로 보내고, 나는 아들이 탄 차를 빙글빙글 돌았다. 그리고 잠을 자지 않고 보챌 때마다 부르던 자장가를 불러주었다. 우리 아들 잘 잔다, 유준현 잘 잔다, 우리 아들 잘 잔다, 유준현 잘 잔다…… 이제 다시는 불러주지 못할 그 노래를, 아들에게 들려주었다. 얼마 후, 아들은 한 줌의 가루가 되었다. 다시는 만지지 못할 몸이 되었다.

아들을 품에 안고, 할아버지의 산소로 갔다. 아버지와 장인어른 두 분만 아들의 유골함을 들고 산으로 향했다. 울며불며 고집을 부렸지만, 유골을 뿌린 곳을 알면 내가 자꾸 그곳을 찾아올까봐 걱정스럽다며 모두들 만류했다. 나는 두 분이 아들의 유골을 뿌리고 올 때까지 기다렸다. 그리고 잘 있으라는 인사를 남기고 그곳을 떠났다.

나는 서울에 있는 처가로 향했다. 차를 타고 고속도로를 달리다가 휴게소로 들어갔다. 기진맥진한 상태로 우동을 먹었다. 그렇다. 또 먹고 말았다. 면을 먹

고 국물을 마셨다. 너무 힘이 없었기 때문이다. 치욕
스러웠지만 이번에도 어쩔 수 없었다. 아들의 장례를
치르고 우동을 먹는 모습이라니.

그렇다. 나는 아들의 장례를 치르는 하루 반나절
동안 무려 세 끼를 챙겨 먹었다. 지금 생각해도 치욕
스럽다. 아들에게 미안하다. 그러나 주변의 조언을
따르지 않고, 한 끼도 먹지 않고 식음을 전폐했다면
어땠을까. 치욕스러움이야 덜했겠다. 그러나 그 거대
한 슬픔을 내보일 힘을 끝내 잃었을지도 모른다. 어
쩌면 얼마 지나지 않아서 더 큰 치욕을 느꼈을지도
모른다.

치욕스러움에 사무치는 때가 있다. 밥을 먹는 게
치욕스러울 수도 있고 잠을 자는 게 끔찍할 때도 있
다. 사는 게, 인생이라는 게 치욕처럼 느껴질 때도 있
다. 그러나 견뎌야 한다. 그 치욕을 견디고 살아가야

한다. 치욕을 견디고, 나아가 치욕의 힘으로 해야 할
일이 있다. 치욕스럽다는 이유로 더 소중한 것을 잃
어서는 안 된다. 치욕스럽다는 이유로 소중한 것을
더 잃어서는 안 된다.

불행이라는 전염병

사람들 사이에서 옮겨 다니는 병이 있다. 전염병이라
고 한다. 그런데 어떤 상황이, 그리고 그 상황에 놓인
사람의 마음이 마치 전염병처럼 여겨지기도 한다. 그
리 여겨지는 것 중에서 가장 눈에 띄는 마음은 '불행'
이다.

불행에 빠진 이를 보면 누구든 안타까운 마음을
갖지만, 한편으로는 불행이 자신에게 옮겨 올까봐 두
려워하기 쉽다. 불행은 전염병이 아니어서, 대화를
하거나 악수를 하거나 심지어 키스를 한다고 해도

옳지 않을 게 분명한데도, 이것을 누구나 알고 있는 데도, 불행에 빠진 이들을 멀리하는 사람들이 있다. 나 또한 그런 어리석은 생각을 한 적이 있다.

몇 해 전이었다. 세월호 참사가 일어나고 얼마 뒤였다. 진상 조사를 요구하는 목소리가 높았고, 희생자들을 추모하는 열기가 뜨거웠다. 나는 주변의 제안으로 세월호 참사에 관한 시 한 편을 써서 발표했다. 그때 가까운 이로부터 세월호 참사로 희생된 안산 단원고 학생들의 삶을 기록하는 작업에 참여할 뜻이 있느냐는 제안을 받았다. 의미 있는 일이라고 생각했지만 시를 쓰는 동안 꽤 고통스러웠던 터라 조심스럽게 고사했다. 너무 고통스러운 일이라서 아무래도 엄두가 나지 않는다고, 내 나름으로는 솔직하고 정중하게 거절했다. 그러나 돌이켜 보니, 그들의 불행을 깊이 들여다보면 그 불행의 기운이 나에게 옮겨 오지 않을까 걱정스러웠던 것 같다.

그때 나는 갓 태어난 아들을 키울 때였다. 단원고 학생들을 생각하면 너무나 슬프고 안타까웠지만, 그들의 부모를 생각하면 너무나 안쓰러웠지만, 그들의 처지가 되고 싶지는 않았다. 그들의 처지를 온전히 공감하는 게 두려웠다. 그것을 상상하는 일조차 고통스러웠다. 그들의 불행이 나에게 옮겨 오지 않을까 두려웠다. 나는 이기적이었다.

세상일은 참 알다가도 모르겠다. 똑같다고 이야기할 수는 없겠지만, 나는 그들의 심정을 짐작할 수 있는 처지가 되었다. 이제 와 보니 과거의 내 생각이 얼마나 뻔뻔스러웠는지 새삼 뼈저리다.

불행이 전염된다는 터무니없는 생각은, 내가 불행을 겪은 뒤에도 쉽사리 떨쳐내지 못했다. 내가 불행에 빠지자, 주변 사람들과 마음을 나누고 생각을 나누는 일이 두려워졌다. 어쩌면 내 몸속 가득한 불행이, 나를 둘러싼 불행의 기운이 다른 사람에게 옮겨 갈까 걱정되었다. 그래서 가까운 사람과 만나는 일을 피했다. 되도록 말을 주고받지 않으려고 노력했다. 그럴수록 더 깊은 불행 속으로 빠져들었다.

다행스럽게도, 정말 고맙게도, 내 주변에는 나처럼 어리석은 사람이 없었다. 불행이 전염병이 아니라는 것을 모두 알고 있었다. 그들은 기꺼이 곁으로 다가와 말을 걸었고 등을 토닥였다. 불행이 당신에게 옮겨 갈까 걱정스러워하는 눈빛을 할 때마다, 괜찮다고, 자신은 아무렇지도 않다고 이야기해주었다.

불행이 전염된다는 어리석은 생각을 가지고 있는 사람이 많지 않을 것으로 믿는다. 불행에 빠진 사람과 대화하고 등을 토닥이고 함께 운다고 해서 불행이 전염되지 않는다. 자기의 불행이 다른 사람에게 옮겨 갈까봐 걱정할 필요도 없다. 자기의 불행을 고백하며 다른 사람의 품에 안겨서 운다고 해도 불행은 결코 전염되지 않는다. 그 걱정 때문에 다른 사람과 만나길 꺼려하거나 자기의 불행을 내비치길 주저하지 않아도 된다.

불행은 전염병이 아니다.

제가 아버지입니다

가끔 주민센터에 갈 일이 생긴다. 아들이 태어났을 때는 내가 혼자 가서 출생신고를 했다. 그리고 아들이 우리 곁을 떠났을 때는 아내와 손을 잡고 함께 주민센터에 갔다.

차례를 기다려 사망신고를 하러 왔다고 하니, 담당자는 한쪽에 비치된 서류를 작성하라고 말했다. 볼펜을 들고 빈칸을 하나하나 채웠다. 아들의 이름을 적고 한자 이름을 적었다. 태어난 날을 적었다. 우리가 함께 살았던 집 주소를 적고, 아들이 세상을 떠난 날을 적었다. 내 이름도 적었다. 우리의 관계를 적는 칸이 있어서 '아버지'라고 적었다.

담당자에게 가서 사망신고서와 사망진단서를 함께 내밀었다. 그는 "아버지시군요."라고 짧게 말하고는 사무적인 어투로 물었다.

"사망하신 분 재산은 얼마인가요?"

"네? 재산요? 없습니다."

"학교는 어디까지 다니셨나요?"

"네? 학교요? 학교는 다닌 적이 없습니다."

"그래요?"

사망신고를 할 때 그런 질문을 하는 줄 전혀 알지 못했다. 당황스러웠다. 그렇지만 간신히 정신을 차렸다. 옆에 아내가 가만히 서 있었기 때문이다.

우리의 상황을 아는 사람이라면 저렇게 묻지 않았을 텐데, 하는 생각이 들었다. 그리고 어쩌면 그가 사망자와의 관계를 적는 칸을 보고, 내가 아버지의 사망신고를 하러 왔겠거니 짐작하고 질문했겠다는 데 생각이 미쳤다. 그래서 안간힘을 내어 말했다.

"저희 아버지가 돌아가신 게 아니고, 제 아들입니다. 제가 아버지입니다."

서류만 보며 질문하던 그가 가만히 고개를 들어 내 얼굴을 바라보았다. 그리고 당황하는 표정으로 "아, 그렇군요. 잠시만요." 하며 짧게 자리를 비웠다가 얼마 후 다시 나타났다.

그리고 몇 가지 필요한 질문을 했다. 처음보다는 훨씬 더 조심스럽게.

아내와 나는 아들이 다니던 어린이집에도 함께 다녀왔고, 보험회사에도 갔다. 지금이 아니면 다시는 용기를 낼 수 없을지도 모른다며 이를 악물고 다녔다. 눈물을 흘리지 않으려고 부단히 애썼지만, 이야기를 하고 돌아설 때마다 우리는 눈물을 흘리느라 이야기를 나눌 수도 없었다. 그저 손만 꼭 잡았을 뿐이다.

주민센터를 나오면서도 마찬가지였다. 우리는 주민센터에서 나와 집으로 걸어오면서 한동안 말이 없었다. 한참을 걷다가 겨우 한마디를 했다.

"우리 아들은 무학자구나."

집에 도착할 즈음이 되어서야 아내에게 이야기했다.

"우리 아들은 무산자구나."

그렇다. 아들은 학교에 다닌 적이 없으니, 다닐 수가 없었으니 당연히 무학자다. 가진 재산이 없으니, 돈을 번 적이 없으니 무산자다. 그러나 아무것도 배우지 않고, 아무것도 남기지 않은 것은 아니다.

우리 아들은 아빠, 엄마, 맘마, 할머니라는 말을 할

줄 알았다. 엄지와 검지를 가지고 하트 모양을 만들 줄 알았다. 그러니 무학자가 아니다.

우리 아들이 아내와 내 마음에 남긴 건 커다란 슬픔만이 아니다. 우리는 함께 목욕을 했고 함께 기어 다녔고 함께 나들이를 했고 함께 여행을 떠난 적도 있다. 무수한 기억을 우리 마음속에 남겼다. 그러니 무산자가 아니다.

침묵의 온도

아들이 태어나고 나서, 아내와 내가 잠드는 침대 옆에 작고 귀여운 침대를 들여놓았다. 오줌이 새지 않도록 방수가 되는 요를 깔고, 아들이 바라볼 수 있는 허공에 종이 모빌도 걸어두었다. 우리 셋은 두 개의 침대에서 나란히 잠들었다. 그리고 나란히 잠에서 깼다. 아들이 조금 더 자라자, 더 큰 침대를 마련했다. 아내의 친구가 아이를 키울 때 쓰던 침대를 선물로 받아 집으로 가져왔다. 다시 방수가 되는 요를 깔고 좀 더 예쁜 모빌을 걸어주었다. 아들은 그 침대에서 잠들고 또 깨어났다. 가끔은 울다가 깨서 우리를 찾았고, 가끔은 먼저 일어나서 침대 난간을 잡고 서 있었다. 우리는 그렇게 함께 잠들고 함께 깨어나며 스무 달을 지냈다.

무참하게도 더는 침대가 필요하지 않게 되었다. 아내와 나는 침대를 어떻게 해야 할지 몰랐다. 아내의 친구에게 돌려주는 것도 뭔가 꺼려졌다. 그렇다고 멀쩡한 침대를 쓰레기로 내놓기도 마음이 내키지 않았다. 아내는 미혼모 지원 센터라는 곳이 있다며 그곳에 가져다주면 좋겠다고 말했다. 우리 아이가 마저 다 자라지 못한 저 침대에서 다른 아이라도 건강하게 잘 자랐으면 좋겠다는 바람에서였다.

나는 땀과 눈물로 범벅이 된 채로 그 침대를 분리했다. 그리고 차에 옮겨 실었다. 아내는 파주에 있는 미혼모 지원 센터에 전화를 했고, 언제쯤 침대를 가져가겠다 약속을 잡았다.

아들이 잠들고 깨어나던 침대를 차에 싣고 파주로 출발했다. 자꾸 눈물이 났다. 아들에게 불러주던 자장가를 부르며 달렸다.

미혼모 지원 센터가 있는 건물 앞에 차를 세우고 휴지를 꺼내서 눈물을 깨끗하게 닦았다. 잠시 마음을 추슬렀다. 그러다가 문득 침대를 건네받는 쪽에서 곤혹스러운 질문을 하면 어떻게 대답해야 할지 고민했다. 이제 침대가 필요하지 않을 만큼 아이가 컸느냐고 물어보면, 그렇다고 간단히 끄덕이고 말지, 아니면 그저 가만히 웃고 말아야 하는지, 아니면 가슴 아픈 일이 있었노라고 대답해야 할지 고민했다. 아무리 생각해도 모르겠는데, 약속한 시간이 다 되었다. 미혼모 지원 센터에 전화를 걸었다. 곧 직원 한 사람이 건물 밖으로 나왔다.

나는 간단히 인사했고, 그는 감사하다고 말했다.

나는 그저 가볍게 웃었다. 우리는 차에서 침대를 내렸다. 앞뒤로 해서 침대를 들고 엘리베이터가 없는 그 건물의 3층까지 함께 올라갔다. 그러는 동안 그는 아무것도 묻지 않았다. 그저 침대가 크고 튼튼하다느니, 그래서 무겁다느니, 감사하다느니, 딱히 대답하지 않아도 되는 말을 했을 뿐이다. 다행히 걱정했던 질문은 받지 않았다. 침대를 3층으로 옮기고 나서 아래로 내려왔다.

다시 차에 올라탄 나는 출발하지 못하고 한참 동안 눈물을 흘렸다. 여러 이유 때문이었던 것 같다. 아들의 흔적과 우리가 함께한 추억이 고스란히 담긴 침대를 그곳에 두고 오는 슬픔이 컸을 것이다. 곤란한 질문을 받으면 어떻게 할지 고민했는데, 질문을 받지 않아서 다행이라고 생각했던 것도 있다. 어쩌면 곤란한 질문을 받을까 주저했던 내 자신이 너무나 어이없고 부끄럽기 때문이기도 했을 것이다.

한참 울다 보니 이상하게도 조금 화가 났다. 무거운 침대를 싣고 여기까지 와서 전달하고 가는데, 아이가 잘 컸느냐고 묻지도 않고, 침대의 주인이 건강하게 잘 자랐으면 좋겠다고 이야기하지도 않는 그에게 화가 났다. 받으면 어떻게 할지 고민했던 그 질문을 하지 않았다는 이유로 상대에게 화가 났다. 어쩌면 내심 상대가 그 이야기를 묻길 바랐는지도 모르겠다. 내 가슴 아픈 일을 드러내고 싶었는지도 모르겠다. 낯선 사람 앞에서 바닥에 주저앉아 펑펑 울고 싶었는지도 모르겠다.

마음은 곧 가라앉았다. 그의 정중하면서도 조금은 딱딱한 태도는 어쩌면 당연한 것일지도 모른다는 생각이 들었다. 아마 아내가 그곳에 전화를 했을 때 이미 우리의 사연을 눈치챘으리라. 아무리 보이지 않는다 하더라도, 아내의 목소리에 잔뜩 묻어 있는 슬픔을 눈치채는 게 어렵지 않았을 테니까. 게다가 한참이나 울면서 차를 몰고 가느라고 눈이 벌게진 나를 보고, 어쩌면 그는 우리의 슬픈 사연을 확신했겠구나 싶었다. 그러니 어떻게 침대의 주인에 대해 질문할 수 있었겠는가.

어떤 침묵은 외면이겠지만, 어떤 침묵은 그 어떤 위로보다도 따뜻하다.

위로를 찾아서

조각가 알베르토 자코메티Alberto Giacometti의 전시회에 갔다. 평일 오후에 시간이 난 김에, 그리고 누군가의 부추김으로 나선 길이었다. 자코메티가 유명한 조각가라는 것, 그의 작품「걸어가는 사람walking man」을 미술 교과서에서 본 적이 있다는 것, 그 작품이 엄청나게 비싸다는 것 정도만 알고 나선 길이었다.

전시회는 참으로 그럴듯했다. 조각 전시회에 간 적이 한 손으로 꼽을 정도로 문외한이므로, 무엇을 배운다기보다는 구경이나 한번 하자는 마음이었다. 빼

빼 마르고 거친 느낌의 조각들을 직접 눈으로 보니 좀 신기했다. 이리저리 둘러보다가 두 시간 남짓 지났을 때, 마지막 작품, 그 유명한 「걸어가는 사람」이 전시된 방에 들어갔다. 조각이 세상 대단한 일인가, 유명한 작품이라고 하니 그럴듯하겠지, 이런 생각을 하며 방에 들어간 순간, 멍해지고 말았다. 말은 물론이고 생각조차 멈추는 느낌이었다.

멍하니 「걸어가는 사람」을 바라보았다. 그러다가 조각 앞에 놓인 방석에 앉아서 한참이나 쳐다보았다. '걸어가는 사람'은 앙상한 팔과 다리로 상체를 약간 앞으로 숙인 채 걸어가는 모습이었다. 눈을 부릅뜨지도 않고 감지도 않은 채 담담한 눈빛이었다. 주먹을 불끈 쥐지도, 힘없이 펼치지도 않은 채 가볍게 쥐고 있었다. 그는 뛰지도 않고 머뭇거리지도 않으며 걸어가고 있었다. 아무것도 두려워하지 않으며 아무것도 거칠 것 없이 앞으로 나아가는 중이었다. 무엇보다 그는 혼자였다.

돌이켜 보니 「걸어가는 사람」 외에는 대개 두상과 흉상이었고, 전신상이더라도 두 다리를 가지런히 모으고 서 있는 모습이었다. 그러다 보니 마지막에 본 「걸어가는 사람」은 한자리에 머물며, 오래도록 움직이지 않던 자가 안간힘으로 첫발을 뗀 느낌을 주었다. 오랫동안 자기 안의 감정에 빠져 있다가 드디어 발을 내디딘 것 같았다. 가슴속의 소용돌이를 잠재우고 앞으로 나아가는 느낌이었다.

단호한 발걸음을 보고 있으니, 내가 오랫동안 한자리에서 머물러 있었다는 생각이 들었다. 이제는 한발을 내디디며 앞으로 나아가야 한다고 '걸어가는 사람'이 나에게 이야기하는 듯했다. 그 이야기는 참 담백하고 강건했다. 위로가 되었다.

아들을 잃고, 사람들에게 위로의 말을 들으며, 고마워하는 한편으로 이런 생각을 했다. '사람들은 내 슬픔 따위는 곧 잊을 거야. 다른 사람의 고통을 오래 기억하는 건 너무 고통스러우니까. 사람들은 곧 위로를 멈출 거야. 위로가 내 상처를 들쑤신다는 이유로.' 그렇게 생각한 까닭은 간단하다. 내가 그래왔기 때문이다. 다른 사람의 아픔을 오래 들여다보는 일이 고통스러워서 적당한 핑계를 대며 다른 사람의 아픔을 외면했기 때문이다.

사람의 마음이란 크게 다르지 않은지, 사람들은 적절한 거리를 유지하며, 내 슬픔과 조금이라도 연관된 이야기를 하지 않으려고 조심했다. 얼마가 더 지나자, 나를 위로하는 사람은 거의 없었다. 앞으로 잘될 거라고, 좋은 일이 생길 거라고 응원과 격려를 보내왔다. 그러나 위로는 없었다. 아직 위로를 받고 싶은데, 아무도 위로해주지 않았다.

돌이켜 보면, 나는 위로가 멀리서 내게 다가오는 것이라 생각하고 있었나보다. 내가 가만히 있으면 저절로 그것이 다가와야 한다고 믿었나보다. 내 아픔이 크니까, 나는 여기 주저앉아 있으니까, 여기서 울고 있으니까, 위로가 알아서 나를 찾아 곁으로 와주길 기다리고 있었나보다. 겉으로는 의연한 척, 괜찮아진 척하며 속으로는 누가 나를 일으켜주길 바라고 있었나보다.

그런데 자코메티의 「걸어가는 사람」을 보며, 어쩌면 위로는 다가오는 것이 아니라 찾아가는 것일지도 모른다는 생각이 들었다. 내가 위로에게 다가가고 내가 위로에게 말을 걸어야 한다는 생각이 들었다. 그동안 주변 사람들은 내가 슬픈 이야기를 꺼낼 수 있을 만큼 괜찮아지기를, 그래서 준비해둔 위로를 건넬 수 있기를 기다리고 있었다는 생각이 들었다. 눈물이 났다.

새삼 깨닫지만 위대한 예술은 나 같은 어쭙잖은 인간의 편견을 가볍게 부서뜨리면서도, 따뜻하게 감싸 안을 만큼 품이 넓다.

위로가 필요하다면 기다리지 말고 먼저 찾으러 가야 한다. 위로가 어디선가 나를 애타게 기다리고 있을지도 모르니까. 위로는 주변 사람의 마음속에 있을 수도 있고, 새로 만나게 될 누군가의 마음속에 있을지도 모른다. 책에서 마주칠 수도 있고, 영화관이나 산책로에서 만날 수도 있겠다.

나는 이제 위로를 찾아서 한 발을 내딛는다.

오늘은 울어야지

아들이 떠나고, 그 이듬해 연말이었다. 1년이 더 지
난 때였지만, 울지 않고 지나가는 날이 많지 않았다.
아내는 혼자 있는 동안 우는 눈치였지만, 나는 다른
사람들과 있을 때는 울지 않고 아내가 곁에 있을 때
자주 울었다. 막연히 아내가 내 울음에 공감하고 있
으리라 생각했다.

그런데 어느 날 아내가 말했다. 이제 자기 앞에서
울지 않았으면 좋겠다고, 강건한 모습을 보여주면 좋
겠다고, 그래야 자기가 힘을 얻을 수 있겠다고. 내가

자기 앞에서 울 때마다 슬픔이 배가되어 견딜 수 없다고 했다. 놀랐다. 내 울음에 공감하고 있으리라 믿었던 아내가, 사실은 전혀 다른 생각을 품고 있었다는 게 예상 밖이었다. 서운한 마음도 들었다. 내 슬픔을 아내가 아니라면 과연 누가 공감할까 싶었다.

그러나 아내의 말을 곱씹으며, 내가 슬픔을 밖으로 내보일 때마다 아내가 견디기 힘들었겠구나 싶었다. 상처를 후벼 파는 느낌을 받았겠구나 싶었다. 이제 울음을 줄이고 함께 강건하게 살아가자는 말에 동의했다.

나는 울음을 멈추었다. 간혹 멈출 수 없어서 혼자 있을 때 울음을 터뜨렸지만, 이따금 아내 앞에서 눈물을 내비칠 때도 없지 않았지만, 자주 울지는 않았다. 비명을 지르며 목 놓아 울지는 않았다.

우리는 울지 않고 생활했다. 각자 자기가 하고 싶

은 일, 해야 하는 일을 열심히 했다. 그런데 상황이 이상하게 돌아갔다.

새해가 되고부터 아내와 나 사이에 다툼이 잦아졌다. 나는 아내의 말에 자꾸 서운한 마음이 들었고, 화가 날 때도 있었다. 도저히 납득할 수 없을 때가 많았다. 그것은 아내도 마찬가지였다. 나에게 자주 서운함을 드러냈다. 대개 사소한 일들이었지만 곧잘 커다란 싸움으로 번졌고 전에는 상상할 수 없을 정도로 심각해졌다.

아내와의 관계만 문제였던 게 아니다. 나는 스스로도 놀랄 정도로 자주 짜증을 내기 시작했다. 나는 감정의 동요가 크지 않은 편이었다. 그런데 이상하게 자꾸 화가 났다. 주변 사람들에게 짜증을 내는 일도 많고, 운전을 하다가도 경적을 울리는 일이 잦아졌다. 하지만 주변 사람들은 대개 내 사정을 알고 있어서인지 크게 문제가 되는 경우는 없었다.

결국 문제는 아내와의 관계였다. 나는 아내와의 관계가 돌이킬 수 없는 지경이 아닌가 생각했다. 일주일이 멀다 하고 고함을 지르며 서로 잘못했다고 싸우는 일은 견디기 어려웠다. 싸우고 난 후에는, 아직 상처가 아물지 않아 그럴 수도 있는 거다, 앞으로 더욱 노력해보자, 이야기를 나누기도 했다. 그러나 얼마 지나지 않아서 또 싸우고 말았다. 나는 싸움의 원인을 전부 아내에게 돌렸고 그렇게 믿었다. 아내 역시 싸움의 원인이 나에게 있다고 믿는 듯했다.

나는, 그리고 우리는 이혼을 생각했다. 아내와 함께 사는 일이 더 이상 행복하지 않았다. 자꾸 미운 점만 눈에 들어왔다. 아내도 비슷한 것 같았다. 나와 함께하는 시간이 더 이상 즐겁지 않은 듯했고, 못마땅한 점만 눈에 띄는 것 같았다. 어느 때는 그런 관심조차 없어 보였다.

그러던 어느 날이었다. 아내가 며칠간 여행을 떠난 사이, 나는 또 아내를 미워하고 있었다. 아내와의 이혼을 심각하게 고민하고 있었다. 침대에 엎드려서 과연 이혼을 하는 게 맞는지 생각하고 있었다. 그때, 아들 생각이 났다. 내가 아내와의 이혼을 고민하고 있던 침대는, 바로 아들과 아내와 함께 누워 있던 침대였다. 아내도 집을 비운 상태에서 아들 생각이 밀려오자 눈물을 참을 수 없었다. 소리를 지르며 울고 말았다. 그리고 생각했다.

나는 아직 슬픔에서 벗어나지 못했구나. 나에게는 아직 울음이 필요하구나.

한참 울고 났더니 아내를 미워하는 마음이 사라지고 없었다. 이혼을 하는 게 맞는지 함께 사는 게 맞는지 하는 고민도 사라졌다. 아들과 아내와 함께하던 시간만 생각났다. 여행을 간 아내가 빨리 돌아왔으면 좋겠다고, 전화로 목소리라도 들려주었으면 좋겠다는 생각이 들었다.

　나는 눈물을 참지 않기로 했다. 부끄러움은 내팽개치고 그저 소리 내어 크게 울기로 했다. 혼자 있든 누구와 함께 있든 상관하지 않기로 했다. 울음은, 화산처럼 폭발하는 울음은, 마음에 담긴 불필요하고 쓸데없는 생각을 한꺼번에 날려버린다. 아무래도 울음은 무엇으로 대체되는 게 아닌 것 같다. 울음이 필요하다면, 우는 것 말고는 방법이 없다.

누군가 이미 겪은 고통

책 속에 길이 있다는 말을 오래도록 믿고 살아왔다. 한 권의 시집을 내기 위해 오랫동안 애썼고 지금은 책을 만드는 일로 먹고살고 있으니, 어쩌면 당연히 중요하게 여길 만한 말이다. 고민이 생기거나 힘든 일이 있으면 눈에 보이는 책을 펼쳐서 읽었다. 그러면 전혀 예상치도 못하게, 해답이 들어 있으리라고는 생각하지 않는 책에서 답을 얻곤 했다.

아들을 잃고 나서도 그 습관에 기댔다. 나는 책을 찾았다. 자식 잃은 부모가 쓴 책을 찾았다. 먼저 떠오른 것은 소설가 박완서 선생이었다. 그분이 장성한 아들을 잃고 나서 그 이후의 시간을 기록했다는 이야기를 들은 적이 있었다. 제목은 『한 말씀만 하소서』(솔 1994, 개정판 세계사 2004)였다. 제목만으로도 그 내용을 충분히 짐작할 만했다.

아내와 함께 박완서 선생의 책을 돌아가며 읽었다. 울면서 읽었다. 선생은 장성한 아들을 잃었는데, 그에 비하면 우리 아들은 턱없이 짧은 생이었다. 우리와 함께 나눈 시간이 턱없이 짧았다. 함께 만든 추억이 턱없이 적었다. 그러나 그 마음을 충분히 나눌 수 있었다.

크게 위로가 되었던 것은 무엇보다 박완서 선생도 자신의 인간성을 의심했을 정도로 고통 속에서 헤맸다는 것이다. 좀처럼 마음을 다잡고 인간의 모습으로 살아갈 수 없었다는 것이다. 나만 그런 것이 아니구

나. 나만 미치겠는 게 아니구나. 안타깝게도, 나만 이런 일을 겪는 게 아니구나. 이런 생각이었다.

사람에게는 공감 능력이 있다. 직접 겪지 않는다고 해도 미루어 짐작할 수 있는 능력이 있다. 그러니 내가 아들을 잃고 고통스러워할 때, 많은 사람이 그 고통에 공감하며 위로가 되어주려고 노력했을 것이다. 그러나, 그럼에도, 어쩔 수 없이, 같은 고통을 겪는 이들끼리의 동병상련도 있는 법이다.

아무도 위로해주지 않을 때가 있다. 아무도 위로가 될 수 없다고 생각할 때가 있다. 나만이 오로지 고통을 겪고 있다고 생각될 때가 있다. 안타깝지만 그렇지 않다. 고통이 정말 커다래서 나를 집어삼킬 만하지만, 그 고통은 이미 누군가 겪은 고통이다. 그리고 그 고통을 겪으면서 글을 써서 남긴 자들이 있다. 그들이 왜 그 고통 속에서, 자기의 상처를 다시 후벼 파며 글을 써서 남겼을까.

이 글을 쓰고 있는 나를 돌이켜 보니, 그 첫 번째 이유는 그저 비명이다. 너무 아파서 비명을 지르는 것이다. 눈물을 흘리고 소리를 지르고 글로 남기는 것이다. 비명이 얼마쯤 고통을 줄여주듯이 글을 쓰는 것도 얼마쯤 고통을 줄여준다. 그리고 잊지 않기 위해서다. 이 고통의 순간을, 고통 이전의 시간을 잊지 않기 위해서다. 또 하나는 이 고통의 순간을 이겨내기 위해서다. 상처를 바로 보면서 치유하기 위해서다. 한 가지 이유가 더 있다. 같은 고통을 겪게 될 이들을 위한 것이다. 자신이 다른 누군가의 글로부터 위로를 받았으므로, 자기 다음에 비슷한 고통을 겪을 이들에게 조금이나마 도움이 되었으면 하는 마음으로 용기를 내어 자기의 치부를 드러내고 자기의 고통을 다시 들여다보는 것이다.

거듭 말하지만, 커다란 고통은 우리를 집어삼키려

한다. 그러나 그 고통은 전에 없던 것이 아니다. 이미 누군가 겪은 고통이다. 또다시 나에게 고통이 찾아온다면, 그와 같은 고통을 먼저 겪은 이들이 남긴 글을 읽을 것이다. 그 책에서 위로를 찾기 위해 안간힘을 쓸 것이다.

책 속에 길이 있다. 나는 여전히 그 말을 믿는다.

슬픔과 함께

슬픔 속에서도 시간은 흘러간다. 아들이 우리 곁에서
떠난 뒤에도 시간은 흘렀고, 나와 아내와 아들이 함께
살다가 이제는 나와 아내 둘이서 사는 집의 전세 계
약 기간이 끝날 무렵이 되었다. 주변에서는 모두들 이
사를 권했다. 새로운 곳으로 이사해서 새롭게 살아가
라는 뜻에서였다. 이 집에서 계속 산다면 아무래도 더
슬퍼하고 힘들어할 것이라는 따뜻한 마음에서였다.

아들은 우리 곁을 떠났지만, 아들의 흔적은 도처에

남아 있다. 청소하다 보면 아들이 가지고 놀던 장난 감이 나오기도 하고, 옷장 깊숙한 곳에서 아들의 양말이 발견되기도 했다. 물건만이 아니다. 거실에 잠시 멍하니 앉아 있으면, 두 발과 두 손으로 바닥을 기어 다니던 아들이 떠올랐다. 침대에 누우면 내 배를 타고 넘던 아들의 온기가 느껴지는 듯했다. 내 방 의자에 앉아 있으면, 가만히 기어 와서 나를 찾던 아들의 표정이 눈에 선했다.

집 밖으로 나가도 마찬가지다. 엘리베이터를 타면 사방의 거울을 신기해하던 아들의 눈동자가 생각났다. 1층에 있는, 아들이 몇 달 동안 다녔던 어린이집 앞을 지나다니는 일은 쉽지 않았다. 가끔씩 어린이집 원장님과 마주쳐서 가볍게 목례를 하고 지나칠 때는 고통스러웠다. 놀이터에 가면 아들이 신나게 장난감 말을 타고 있을 것만 같았다. 아파트 단지를 걸어 다닐 때면 아들을 품에 안고서 산책하던 즐거운 시절이 떠올라서 눈물이 났다.

아들과 함께 살던 집과 동네를 떠나 다른 곳으로 이사한다면, 아들이 다니던 어린이집과 마주치는 일은 없겠다. 어린이집 원장님과 어색하게 인사할 일도 없겠다. 아들과 함께 산책하던 길을 다시 걸을 일도 없겠다. 아무래도 눈물 흘릴 일이 조금은 줄어들 게 분명했다.

아내와 나는 전세 계약을 연장하기로 했다. 주변의 권유에도, 마음의 여유가 없다는 핑계로 이사를 미루었다. 아들과 함께 살았던 공간에서 좀 더 머물기로 했다. 아들의 흔적이 남아 있는 공간을 떠나는 것도 마음에 걸렸지만, 슬픔의 공간에서 벗어나고 싶지 않았기 때문이라고 말하는 게 더 솔직한 심정이었다. 차마 아들의 흔적을 두고 떠날 용기가 없었다는 게 맞을지도 모르겠다.

그렇게 아내와 나는 그 집에서 다시 살아가고 있다. 우리는 아들과 함께 잠들던 방에서 여전히 잠들고 일어난다. 아들과 함께 밥을 먹던 식탁에서 밥을 먹는다. 아들을 안고 타던 엘리베이터를 타고 오르내린다. 아침저녁으로 어린이집을 지나쳐서 출근하고 퇴근한다. 가끔씩 어린이집 원장님과 마주치면 인사를 나눈다. 아들과 함께 거닐던 길을 아내와 둘이 걸어가면서 아들과 함께 산책하던 시절을 떠올린다. 가끔씩은 그때 이야기를 나누기도 한다. 그렇게 우리는 슬픔의 공간을 떠나는 대신 그곳에 적응하며 살아가고 있다.

언젠가는 아들과 함께 살았던 집을 떠나 새로운 곳에서 살아가게 될 것이다. 하지만 우리는 아직 이곳을 떠날 준비가 되지 않았다. 그래서 슬픔의 공간에서 살아가고 있다.

슬픔은 얼른 벗어나야 할 공간처럼 느껴지기도 한다. 그래서 어떻게든 더 빨리 그곳을 벗어나는 방법을 찾기 위해 애쓰기도 한다. 하지만 어떤 기분은, 특히나 슬픔은 얼마만큼의 시간이 지나서야 물러선다. 필요한 만큼 슬퍼하고 고통스러워하지 않는다면, 어디를 가든 여전히 슬픔의 공간이 아닐 수 없다. 그럴 바에야 오히려 슬픔의 흔적이 가득한 곳에서 슬퍼하고 고통스러워하며 살아가는 게 더 낫지 않을까 싶다. 그래서 우리는 구태여 슬픔의 공간에서 일찍 벗어나려고 애쓰지는 않기로 했다.

그리 나쁘지 않다

행복하냐고 물어보면, 정말 행복하다고 대답하는 사람이 많지는 않을 것 같다. 짐작이지만 많은 사람이 그럭저럭 살아간다고 말할 듯하고, 꽤 많은 사람이 행복하지 않다고 말할 것 같다. 하지만 가장 행복한 때가 언제였냐고 물으면, 자신의 삶에서 행복했던 때가 한 번도 없다고 대답하는 사람은 많지 않을 것이다. 누구나 가끔씩은 행복을 누리고 사는 게 당연한 이치니까.

만약 그 질문을 나한테 던진다면, 2014년을 이야기하고 싶다. 그해 봄에 나는 첫 시집을 냈다. 오랫동안 시를 쓰면서 꿈처럼 여기던 일을 이루었으니 기뻤다. 몇 년 동안 준비해온 시집이 나와서 행복했다.

시집이 나오고 얼마 후, 아내는 갑자기 병원에 함께 가자고 했다. 그곳은 바로 산부인과였다. 글을 쓰느라 밤을 새워 몽롱했던 나는 다소 정신이 없는 와중에 아들의 심장 소리를 들었다.

나는 배가 차츰 불러오는 아내와 함께 즐겁게 지냈다. 우리는 아기 신발과 옷을 사고 임신 일기도 쓰며 행복한 시간을 보냈다. 어떻게 이렇게 행복할까 싶을 정도였다. 나는 생각했다. 이 정도의 행복만 유지된다면 더 바랄 게 없다고.

그러나 행복은 그리 오래가지 않았다. 우리는 셋이 되었다가 다시 둘이 되었고, 더없이 불행해졌다.

가끔 그때를 떠올리다가, 다시 행복해질 수 있을지 스스로에게 물어본다. 생각은 행복해질 수 없다는 쪽으로 자꾸 기울어진다. 행복해질 수 있다고 해도 행복하다고 말할 수는 없을 것 같다. 감히 행복이라니, 감히 행복하다고 말할 수 있다니. 그건 너무 염치없는 일이라는 생각이 든다.

나는 아내와 결혼하면서 청첩장에 "미리 말씀드리지만, 이번에 시작하는 이야기의 끝은 해피엔딩입니다."라고 썼다. 이 문장은 아무래도 허언이 되고 만 것 같다.

그렇다면 어떻게 해야 할까. 행복하게 살 수 없으니 다 그만두어야 할까. 아니면 행복해지기 위해서 부단히 노력해야 할까. 두 가지 모두 할 수가 없다. 또다시 많은 사람을 슬프게 할 수는 없다. 그렇다고 행복해지기 위해 노력하는 일은 내 자신이 너무나 이기적이고 치욕스럽게 느껴진다.

그리하여 내가 찾은, 비겁하지만 어쩔 수 없는 방법은 '보람' 있는 삶이다. 보람은 나 자신을 위한 것이라기보다는 다른 이들을 위한 것이어서 노력할 수 있을 것 같다.

　예전의 나는 행복해지기 위해 부단히 노력했다. 그러다가 행복은 내 몫이 아니어서 포기하기로 했다. 그 대신 마음 한가운데에 '보람'을 두기로 했다. 스스로에게 행복하냐고 묻지 않고 보람 있게 살아가느냐고 묻기로 했다.

　보람은 행복만 못하다. 그러나 그런대로 쓸 만하다. 그리 나쁘지는 않다.

2부
<hr>

서운함은 나를 잠 못 들게 하고

우리 함께 손잡고 기뻐할 수 있을까

이 어둠을 몰아낼 수 있을까

―「스위치」

안쓰럽고 대견한 시작

제정신이 아니어서였을 것이다. 제정신이었다면 그런 선택을 했을 리가 없다. 춤 이야기다. 아내가 불쑥 춤을 배우고 싶다고 이야기했을 때, 별생각 없이 함께 배우자고 했다. 우리는 댄스 학원을 찾아보았다. 인터넷에서 검색해보니, 집에서 멀지 않은 곳에 방송 댄스를 가르쳐주는 곳이 있었다. 우리는 그 학원으로 춤을 배우러 다니기 시작했다. 아이돌 그룹이 추는 그 춤을 배우게 된 것이다.

우리는 트레이닝복과 운동화를 준비해서 일주일

에 세 번씩 댄스 학원에 다녔다. 어디선가 용기가 솟아서 춤을 배우러 다니겠다고 마음을 먹었지만, 막상 등록을 하고 학원에 가니 처음에는 쭈뼛거릴 수밖에 없었다. 선생님이 친절하고 자세하게 가르쳐주었지만, 동작 하나하나가 쑥스럽고 어색했다. 다들 춤을 잘 추는데, 괜히 폐를 끼치는 건 아닌지 눈치가 보였다. 하지만 얼마 지나지 않아서, 우리 부부는 열심히 춤을 추었다. 선생님에게 정말 열심히 한다고, 실력이 많이 늘었다고 칭찬을 받기도 했다.

사실, 처음 댄스 학원에 다니기로 마음먹었을 때, 아내와 나는 무척 사이가 좋지 않았다. 걸핏하면 목소리가 커지기 일쑤였고, 서로에게 서운한 점을 이야기하고, 서로에게 상처를 주고, 대화를 하는 것조차 쉽지 않은 지경이었다. 어쩌면 우리가 함께 살기 어려울 수도 있겠다는 생각을 이따금씩 할 때였다. 그

때 아내와 나는 같은 정신과 의사에게 정기적으로 상담을 받고 있었는데, 한번은 내가 아내와 대화를 하면 자꾸 다투게 된다고 하소연했다. 문제가 생기면 대화로 풀어야 하는데, 대화를 시작하면 곧잘 언성이 높아지고 서로에게 아쉬운 점만을 털어놓았기 때문이다. 이야기를 듣던 선생님이 이렇게 되물었다.

"대화를 꼭 하셔야겠습니까?"

당연히 부부 간에는 대화가 필요하다고 생각했는데, 예상치 못한 질문에 말문이 막혔다. 그는 현재 우리 부부는 대화를 하는 게 쉽지 않은 상황이라고 했다. 대화를 하다 보면, 자꾸 아픈 기억 쪽으로 향하게 되고, 예민해지고, 서로에게 상처를 주기 십상이라고. 그러니 굳이 대화하려 애쓰지 말라고 했다. 아마도 나는 그럼 도대체 어쩌라는 것이냐는 표정을 지었을 것이다. 의사는 한번 숨을 쉬더니, 대화를 하는 대신 함께 오지 체험이라도 다녀오라고 했다. 육체적으로 힘든 일을 함께하다 보면 서로 의지하게 되고, 상대가 자신에게 필요한 사람이라는 느낌을 받을 거라고 조언했다. 같이 운동을 하는 것도 좋겠다고 말했다.

그 조언 때문이었을 것이다. 아내가 불쑥 춤을 배우고 싶다고 했을 때 내가 따라나선 것은, 대화가 아니라 함께 운동을 하면서 아내와의 사이를 개선해보고자 하는 마음 때문이었을 것이다.

우리는 아이돌 그룹의 노래에 맞춰 열심히 춤을 추었다. 대화를 하는 대신 한 시간 동안 함께 땀을 흘리고 돌아왔다. 우리의 과거, 현재, 미래에 대해 이야기하는 대신, 오늘 배운 노래와 춤에 대해 이야기했다. 집에 와서는 아이돌 그룹이 멋지게 춤을 추는 영상을 보며 함께 감탄했다. 우리가 서로 얼마나 허우적거리며 춤을 추는지 이야기하며 웃었다. 춤을 추는 건 생각보다 힘든 일이어서 전보다 이른 시간에 잠들었다. 우리는 댄스 학원에 다니며 대화 시간이 줄었고 다툼도 줄었다. 그 대신 함께하는 시간이 늘었고, 함께 웃는 일이 늘었다.

지금 돌이켜 봐도, 아이돌 그룹의 춤을 배우겠다고 용기를 냈던 게 그저 신기하다. 그것을 거창하게 '용기'라고 이름 붙일 수 있을지 모르겠다. 하지만 평생 춤이라고는 배운 적도 없고 책만 보며 살아온 백면서생 같은 아내와 나에게 텔레비전에 나오는 멋진 아이돌 그룹의 춤을 배우는 것은 큰 용기가 필요한 일이었다. 커다란 도전이기도 했다. 그저 아내와 내가 그렇게 다투는 와중에도 함께하기 위해 안간힘을 낸 게 아닌가 하는 마음이 든다. 돌이켜 보면, 그 시절의 우리가 참 안쓰럽고 대견하다.

아내의 얼굴

글을 쓰고 책 만드는 일을 하다 보니 아무래도 말에 민감한 편이다. 다른 사람이라면 그저 고개를 갸웃거리고 지나쳤을 만한 말에도 불쑥 따져 묻기도 하고, 속마음이 슬며시 깃든 뉘앙스 때문에 상처를 받기도 한다. 가끔 아내 때문에도 상처를 받는다.

그날 저녁도 그랬다. 사소한 이야기를 나누는 중이었다. 아내가 불쑥 나더러 너무 자기중심적이라고 말했다. 너무 이기적이라고 했다. 받아들이기 어려웠다. 내가 이타심이 많은 사람이라고 주장할 생각은 없지만, 그런 힐난을 들을 이유 또한 없다고 생각했다. 그래서 나는 우리가 하고 있던 이야기와는 상관도 없는 그런 말을 왜 하느냐고 따져 물었다. 아무리 부부 사이라도, 의견이 충돌하는 상황이라고 하더라도 그런 이야기를 하는 것은 옳지 않다고 이야기했다. 그런 말을 아무렇지도 않게 하는 사람이 다른 사람에게 이기적이라느니 자기중심적이라느니 힐난하는 게 말이 안 된다고 했다. 아내에게 그런 말을 들으니 서운하고 화가 나고 억울했지만, 차분하게 이야기했다. 아내는 더 이상 이야기하고 싶지 않다고 딱 잘라 선을 그었다. 그런 말을 던져놓고 대화를 끝내는 건 옳지 못하다고 말했지만, 아내는 묵묵부답이었다.

아내에게 더 이상 어떤 이야기도 할 수 없었다. 먼저 침대로 갔다. 마음이 영 풀리지 않아서 쉽게 잠들지 못하고 뒤척였지만, 잠들 때까지 아내는 방으로 들어오지 않았다. 유쾌하지 못한 마음으로 잠든 탓인지 새벽녘에 깼다. 옆을 보니 아내가 잠들어 있었다. 나는 아직도 간밤의 서운함이 가시지 않은 상태였다. 물끄러미 아내를 바라보았다.

아내는 내 쪽을 바라보며 옆으로 누운 채 쌔근쌔근 자고 있었다. 한 손은 바닥에 펼쳐져 있고 다른 한 손은 자기 배를 감싸고 있었다. 두 다리는 무릎을 살짝 구부린 채였다. 아내를 물끄러미 바라보다가, 왜 그랬는지 모르겠지만, 아내의 잠자는 모습을 따라했다. 한 팔을 바닥에 내려놓고 다른 팔로 내 배를 감쌌다. 무릎을 구부리고 쌔근쌔근 숨을 쉬며 가만히 눈을 감았다. 마치 데칼코마니처럼. 나비의 오른쪽 날개와 왼쪽 날개처럼 서로 닮은 모습으로.

잠들고 나면 좀처럼 뒤척이지 않는 평소의 습관으로 보아, 아내는 잠들기 전에 가만히 누워서 나를 바라보았을 것이다. 잠든 내 옆모습을 오랫동안 바라보았을 것이다. 나를 이해해보려고 오랫동안 생각을 곱씹었을지도 모른다는 생각이 들었다. 그 모습이 눈앞에 떠오르자 눈물이 났다. 한참이나 아내를 생각하다가, 잠들지는 못하고 가만히 일어났다.

　도무지 이해가 되지 않는 사람이 있다. 사람마다 생각이 다르고 말하는 법이 다르고 행동이 다르니까. 그럴 때, 그 사람의 마음을 이해하려다가 실패하면, 그 사람을 이해하는 노력을 포기하기도 한다. 그러나 다른 사람을 이해하는 방법이 꼭 마음을 이해하는 것은 아닐지도 모르겠다. 그 사람의 말을, 그 사람의 행동을 이해하는 방식으로 그 사람을 이해할 수 있을지도 모르겠다. 도무지 이해가 되지 않는 사람의 말이나 행동을 따라해보면 생각지도 못했던 이해와 만나게 될지도 모르겠다.

크리스마스에 눈은 내리지 않고

크리스마스를 맞아 아내와 함께 맛있는 걸 먹으러 갔다. 미리 예약한 식당에서 문어가 들어간 샐러드를 먹고 양송이 수프를 먹었다. 분위기가 나쁘지 않았다. 날이 저물기 시작했고, 우리는 오일 파스타를 먹고 스테이크까지 먹었다. 우리가 얼마나 오래전에 이런 식당에서 같이 식사했는지 떠올리며 살며시 웃기도 했다.

가볍게 와인도 한잔했다. 이런저런 이야기를 하며 한 해를 어떻게 지내왔는지 돌아보았다. 그리고 우리의 내년에 대해 이야기했다.

아이 이야기를 했다. 우리가 다시 아이를 낳아서 키울 수 있을지 이야기했다. 아내는 아이를 낳아서 키우는 게 두렵다고 했다. 그러고 싶지 않다고 했다.

나도 아이를 낳아서 키우는 게 두려웠다. 그것이 거대한 불안 속으로 들어가는 일이라는 것을 알고 있었다. 하지만 아이를 낳아서 키우고 싶은 마음도 컸다.

물론 아이를 낳는 문제는 아내의 의견이 중요했다. 하지만 나에게도 중요한 만큼 같이 논의해서 결정했으면 좋겠다고 말했다. 천천히 상의해서 같이 결정하고 같이 책임지자고 말했다.

아내는 자기는 이미 결정을 했다면서, 그 문제를 더 고민할 여유가 없다고 답했다. 나를 이해시키고 설득할 힘이 없다고도 했다.

나는 서운했다. 부부라면 같이 상의하고 책임져야 하지 않겠냐고 말했다. 지난 1년간 아내가 아무런 상의 없이 자신의 결정을 선언하거나 통보하는 바람에 많이 힘들었다고 이야기했다.

아내도 지난 1년간 나에게 서운했던 일을 꺼내놓았다. 아내는 내가 출근하고 나면 혼자 있는 동안 힘들었다고, 많이 외로웠다고 고백했다. 내가 퇴근하고 돌아와서 하루를 어떻게 보냈느냐고, 외롭지 않았느냐고 물어본 적이 한 번도 없다고 말했다. 나는 늘 퇴근하고 집에 오면, 아내더러 잘 지냈느냐고 물어보았는데, 그것만으로는 부족했던 것이다. 마음은 그렇지 않았다고, 나도 낮 동안 아내를 걱정했다고 이야기하려다가 그만 말을 멈추었다. 아내의 눈시울이 붉어졌기 때문이다.

우리는 밖으로 나왔다. 이미 날은 어두워져 있었

다. 아름답고 따뜻하게 눈이라도 내렸다면 우리의 마음이 조금은 나아졌을지도 모르겠다. 흰 눈을 핑계로 기분이 나아진 척이라도 했을지 모르겠다. 하지만 어둡기만 할 뿐, 눈은 내리지 않았다.

우리는 그렁그렁한 눈으로 집에 돌아왔다. 씻고 침대에 누워서 식당에서 흘리지 못했던 눈물을 흘렸다. 우리가 아직 깊은 고통 속에 있다는 것을 인정했다. 누가 누구를 이해하고 감싸 안을 만큼 회복되지 않았다는 것을 인정해야만 했다.

서운함은 나를 잠 못 들게 하고

살다 보면 서운한 일이 참 많다. 부부 사이에도 마찬
가지다. 나는 아내와 연애를 시작할 때부터 결혼해서
지금까지 살아오면서 서운한 마음을 표현한 일이 많
지는 않았다. 작은 서운함이야 없지 않았지만, 대개
는 그러려니 하며 넘어갔다. 다만 내가 잔소리처럼
몇 가지 서운함을 표현한 적이 있다.

먼저 떠오르는 기억은, 기념일을 맞아 아내와 근사
한 식당에 갔을 때의 일이다. 식사 도중에 아내가 계

속 스마트폰을 만지며 친구와 메시지를 주고받았다. 그러면서 친구와 나누는 이야기를 나에게 전했다. 오랜만에 데이트를 나왔는데, 친구와 메시지를 주고받는 아내를 보니 서운한 마음이 들었다. 참지 못하고 이렇게 말했다.

"우리 둘이 데이트하는 줄 알았는데, 자기 친구랑 셋이 저녁을 먹는 거였구나."

말이야 농담 같았지만 정색한 때문인지 아내는 스마트폰을 내려놓았다. 물론 우리의 저녁 식사는 그다지 즐겁지 못했다.

역시 스마트폰과 관련된 이야기다. 아내는 인스타그램에 흥미를 들였는데, 인스타그램을 하느라 가끔 내 이야기를 듣는 둥 마는 둥 할 때가 있었다. 워낙 재미있는 일인가 보다 생각했다. 그런데 함께 잠들기 위해 침대에 누웠을 때도 몇 번이나 스마트폰을 쥐고 인스타그램의 글을 읽고 있었다. 서운했다. 결국 참지 못하고 이야기했다. 침대에서는 스마트폰을 만지지 않았으면 좋겠다고. 아내는 왜 이것저것 하지 말라는 게 많으냐고 따져 물었다. 적어도 침대에서는 하지 말라는 것이라고, 이야기를 왜곡하지 말라고 대꾸했다.

이런 일도 있다. 내 본가는 충북 옥천의 시골이다. 1년에 서너 번 정도 간다. 처가는 서울이다. 1년에 열 번 정도 간다. 옥천에 가면 보통 1박 2일 머무는데, 그동안 나는 외출하는 일이 거의 없고, 최대한 아내의 마음을 살피기 위해 노력한다. 아내가 시댁 식구들에게 상처 받지 않게 하기 위해 애쓴다. 애쓰는 일이 피곤해서 가고 싶지 않은 마음이 들 때도 있다. 본가에 갔다가 돌아올 때면 옥천 톨게이트를 지나면서부터 아내에게 연신 고맙다고 이야기한다. 물론 아내가 시댁에서 고생하는 것에 비하면, 내가 처가에서 하는 일은 별로 없다. 그저 장인어른, 장모님과 말벗이나 해드리고 고스톱이나 몇 판 치는 정도다. 그리고 맛있는 음식을 잔뜩 먹고 돌아온다. 아내는 내가 장인어른, 장모님과 잘 지내는 걸 보더니 언제부턴가 혼자 슬쩍 나가서 친구를 만나고 돌아오는 일이 잦아졌다. 처가에서 돌아오는 차에서도 고생했다는 공치사 한마디 없이 그저 음악을 듣거나 잠이 들었다. 그게 서운했다. 인사를 받자고 한 일은 아니었지만, 그래도 아내가 좀 알아주었으면 했다. 이것도 이야기를 했다. 서운하다고.

나는 왜 서운한 걸까. 말로는 존중받는 느낌을 받지 못했다고, 나를 좀 더 존중해주었으면 좋겠다고 이야기했다. 과연 존중받지 못해서 서운한 것일까. 어쩌면 손해를 본다는 느낌 때문이 아니었을까. 더 속되게 표현하자면 본전 생각 때문이었을까.

나는 상대에게 집중하고 있는데, 시간과 돈과 마음

을 다해서 노력하고 있는데, 상대가 그러지 않는 모습을 보니 내가 손해를 보고 있다고 생각한 것은 아닐까. 돌이켜 보면, 아내와의 사이에서 손해를 보지 않기 위해 애쓰지 않았나 하는 생각이 든다. 돈이야 크게 신경을 쓰지 않았다. 크게 신경을 쓸 만큼 돈이 많지는 않으니까. 그러나 시간과 마음에서는 손해를 보지 않으려고 애썼던 것 같다. 함께 있을 때, 아내가 자기만의 일에 집중하는 게 서운했던 것 같다. 아내가 마음을 다른 데 쓸 때 서운했던 것 같다. 내 시간과 마음이 쓸모없는 것처럼 느껴져서 그랬던 것 같다.

그러나 돌이켜 보면, 내가 아내의 시간과 마음을 허비한 적은 없었을까. 카페에서 또는 술집에서 이야기를 한참 나누다가 담배를 피우려고 자주 자리를 비웠던 일은 어떨까. 아내는 자신이 담배보다 못하다고 느끼며 서운해하지 않았을까. 나는 문자메시지나 SNS를 즐겨하지는 않지만 주변 친구나 선후배에게 연락이 오면 한참 동안 전화로 수다를 떨기도 했다. 과연 그때 아내는 마음과 시간을 허비한다고 느끼지 않았을까. 그렇다면 왜 아내는 서운하다고 이야기하지 않았을까. 왜 그랬을까.

그 답은 잘 모르겠다. 그 답은 앞으로 찾아가야 한다. 다만 내가 생각하는 것은 스마트폰을 쥐고 있는 아내에게, 얼른 마무리 짓고 맛있게 음식 먹자, 얼른 마무리하고 푹 잡시다, 혹은 처가에 다녀오는 길에 처가에서 놀다 와도 은근히 피곤한데 자기는 시댁에서 지내다 오면 진짜 힘들겠다, 이렇게 이야기했으면 어땠을까.

물론 이렇게 이야기한 적은 없다.

지금도 아내와 별것 아닌 일로 다투고 나서, 서운함이 목까지 차올라서, 자정이 넘은 시간에 잠들지 못하고 이렇게 거실에 나와서 글을 쓰고 있다. 두 시가 되어 간다. 아내는 안방에서 자고 있다. 얄미운 마음이 들기는 하지만, 내일 아침에 일어나면 아내에게 사과부터 해야겠다. 뭐라고 해야 아내의 화를 풀 수 있을까?

아름다운 풍경을 간직하는 마음

아내와 나는 직장에서 처음 만났다. 같은 시기에 신입사원으로 입사해서 같은 팀에서 일하게 되었는데, 나이가 비슷하고 말도 잘 통해서 친하게 지냈다. 둘이 연애를 하기 전에는 각자 다른 사람과 연애하고 있었고, 가끔은 서로의 연애에 대해 조언을 해주었다. 회사에서 단체로 일본 여행을 갔을 때, 내가 여자 친구의 선물을 사는 걸 아내가 도와주기도 했다. 그때 아내가 은색 귀걸이를 골라주었는데, 둘이 연애를 시작한 후에 데이트를 하다가 그 귀걸이 브랜드 매

장을 마주칠 때면 아내가 그때 이야기를 하며 깔깔
웃어대기도 했다. 아내의 연애가 슬픈 결말을 맞이
했을 때는 내가 같이 술을 마시며 위로해주었다. 나
도 가끔은 그때 펑펑 울던 아내의 모습을 이야기하
며 깔깔대기도 했다. 이렇게 가끔씩 농담을 주고받았
지만, 되도록 서로의 연애사에 대해서는 묻지도 않고
이야기하는 일도 별로 없었다.

특별할 것 없는 어느 날, 잠을 자려고 침대에 누웠
을 때였다. 먼저 누워 있는 내 곁으로 아내가 슬그머
니 다가와 눕더니, 자기 첫 키스 이야기가 궁금하지
않냐고 물었다. 뜬금없었다. 별로 궁금하지 않다고,
듣고 싶지 않다며 웃었다. 아내는 자기가 지금 쓰고
있는 책에 첫 키스 이야기를 꼭 싣고 싶다며, 먼저 나
에게 들려주고 싶다고 했다. 책에다 얼마든지 쓰라
고, 나는 괜찮다고 이야기했다. 하지만 아내는 막무

가내였다. 나한테 먼저 이야기를 해두어야 마음 편하게 글을 쓸 수 있겠다는 심산이 아니었을까, 하는 생각이 든다.

잠이 저 멀리 달아난 상태로, 캄캄한 어둠 속에서 아내의 첫 키스 이야기를 들었다. 아내는 자기의 첫 키스 경험을 길고 자세하게 묘사했다. 요약하자면, 아내는 대학생이 되어서 일본으로 떠난 국제 캠프에서 첫 키스를 했다. 상대는 프랑스인 아버지와 일본인 어머니 사이에서 태어나 어머니의 나라에서 열리는 캠프에 참가한 프랑스 사람으로, 이름은 '아스카'였다.

불쑥 사진 한 장이 떠올랐다. 결혼 전에 처가에 갔을 때, 아내와 함께 앨범을 본 적이 있다. 그때 아내는 일본으로 간 국제 캠프에서 찍은 사진을 보여주었는데, 훤칠한 남자를 가리키며 프랑스인 아버지와 일본인 어머니 사이에서 태어난 사람이라고 이야기한 게 기억났다. 어쩐지, 눈에 띄더라니.

아내가 이야기하는 재주가 있는 덕분인지, 나는 아내의 과거라는 것도 잊어버리고, 질투심도 다 내려놓고, 스무 살 무렵의 풋풋한 첫 키스 이야기를 재미나게 들었다. 다 듣고 나서는 그 아름다운 풍경 속에 아내가 내가 아닌 다른 사람과 함께 있었다는 사실에 질투심이 슬며시 고개를 들었다. 하지만 낯선 곳에서 만난 두 청춘의 달빛 속 키스가 아름답다는 생각만은 사라지지 않았다.

아내는 얼마 뒤에 두툼한 종이 뭉치를 내밀며, 자기가 곧 내게 될 책이라고 말했다. 혹시 마음에 걸리는 게 있는지 한번 봐달라고 이야기했다. 첫 키스의 추억도 당연히 담겨 있었다. 아내가 나에게 했던 이야기를 다시금 글로 만나게 되었다. 다 괜찮다고, 책에는 이런 이야기가 담겨야 사람들이 재미있게 읽지 않겠느냐고 너스레를 떨며 웃었다.

얼마 후 책이 출간되었고, 몇 곳에서 낭독회가 열려서 나도 참석했다. 아내가 선택했는지 낭독회를 주관한 곳에서 요청했는지는 모르지만, 아내는 첫 키스에 관한 글을 여러 번 낭독했다. 많은 사람이 그 풋풋한 첫 키스의 추억을 들으며 미소를 지었고, 내가 남편인 줄 아는 몇몇 사람들은 눈을 동그랗게 뜨며 나를 한번씩 쳐다보았다. 괜찮으냐는 눈치였다. 웃는 것 말고는 방법이 없었다.

그러던 어느 날, 그러니까 아내가 첫 키스 이야기를 꺼냈던 날처럼, 아무런 징조도 없는 날, 역시 침대에 누워 잠들기 전에 아내에게 물었다. 내 첫 키스 이야기를 들어보라고. 나만 아내의 첫 키스 이야기를 듣는 건 공평하지 못하다고, 나라고 그처럼 아름다운 첫 키스의 추억이 없겠느냐는, 그런 투정으로 이야기를 했던 것 같다. 그런데 아내는 아주 단호했다.

"싫어!"

뭔가 억울한 마음이 들었다. 나는 다음에 책을 낼 때 첫 키스 이야기를 쓸 거라고, 그 전에 먼저 들려주고 싶다고 말했다. 하지만 아내는 완강했다. 글을 쓰는 건 괜찮다고, 그 대신 자기는 그 글을 읽지 않겠다고 선언했다. 나는 억울해했지만, 아내는 그 대답을 남기고 쌔근쌔근 잠들었다. 허허, 결국 웃고 말았다. 도무지 아내를 이길 방법이 없다.

사랑하는 아내가 간직한 아름다운 풍경 속에 내가 없다는 건 아쉬운 일이다. 하지만 아름다운 풍경을 많이 간직한 아내와 지금 사랑하는 사람은 바로 나다. 이제 와서 바꿀 수도 없는 과거를 질투하기보다는 지금 사랑하는 사람과 함께 간직할 수 있는 아름다운 풍경을 만드는 일이 훨씬 중요하겠다. 그런 마음으로 아내의 첫 키스 이야기를 받아들이려고 하는데, 아스카, 그 이름을 내가 언제쯤 잊을 수 있을지는 도무지 모르겠다.

여전히 따뜻하다

아버지는 1950년에 충북 옥천의 시골 마을에서 6형제 중 셋째로 태어났다. 시골에서 사는 게 갑갑하게 느껴졌을 법도 한데, 오늘까지 평생을 그곳에서 살았다. 젊은 날에는 이발소에서 일한 적도 있다. 술과 담배를 즐긴 적도 있다고 한다. 하지만 어머니와 중매로 결혼한 뒤에는 할아버지, 할머니와 함께 농사를 지으며 평생 그곳에서 살았다.

아버지는 어머니와 함께 4남매를, 그러니까 형과 큰누나와 작은누나 그리고 나를 낳고 기르면서 일생을 보냈다. 새벽에 일어나서 소여물을 주고 일찍 논밭으로 나가서 일하고 아침을 먹고 또 논밭으로 나가서 일했다. 그렇게 하루하루 일해서 4남매를 키웠다. 저물녘에는 동네 어느 집 사랑방으로 가서 고스톱을 치는 날도 없지 않았지만, 그래봐야 막걸리 내기 정도였다. 젊은 날에 건강이 상한 후로는 담배를 일절 끊었고 술도 거의 끊다시피 해서 아주 기분 좋은 날에 맥주 반 잔 정도를 걸칠 뿐이었다.

돌이켜 보자면, 아버지는 성실한 농사꾼이었다. 공부를 많이 하지 못해서 자식들에게 학교 공부를 가르쳐주지 못했고, 농사일이 바빠서 자식들과 여행을 다니거나 살갑고 다정하게 이야기할 틈은 없었지만, 늘 성실하게 일해서 자식들의 먹을 것과 입을 것을 마련하고 공부시킬 돈을 벌었다. 헌신적인 아버지였다.

이것은 이제야 할 수 있는 이야기이다. 이제야 느끼는 것이다.

어린 시절의 나는 아버지가 부끄러웠다. 멋진 자동차가 아니라 경운기나 오토바이를 타고 다니는 게 부끄러웠다. 비싼 양복은 고사하고, 친구들의 아버지가 공장 작업복을 입은 것만 봐도 부러웠다. 아버지의 후줄근한 흙투성이 옷을 볼 때마다 부끄러웠다. 토요일과 일요일에도 일하러 가는 아버지가 부끄러웠다. 어렸을 때 공부를 하지 않으면 아버지처럼 고생하며 살겠구나 생각했다. 나중에 크면 꼭 양복을 입는 직업을 갖고 싶다, 주말에는 쉬는 직업을 갖고 싶다 생각했다. 아이들까지 일을 시켜야 하는 직업을 갖지 말아야겠다 다짐하기도 했다.

알고 있다. 어린아이니까 그럴 수 있다고, 어쩌면 그리 잘못한 일이 아니라고. 그러나 이만큼 자라서 여전히 마음이 아리고 슬픈 것은 아마도 내가 아버지를 부끄러워한다는 것을 아버지가 이미 알고 있지 않았을까 하는 생각 때문이다.

아버지는 새벽부터 저녁까지 일하느라 바쁘기도 했지만, 여러 이유를 들어 내가 다니는 학교에 오지 않았다. 소풍에는 대부분 할머니가 따라왔고, 가끔씩 운동회가 열리는 날이면 어머니는 오더라도 아버지가 학교에 온 적은 없다. 동네에서는 나를 데리고 일하러 다니기도 했지만, 되도록 마을 밖까지 데리고 다니지 않았다.

내 기억에 아버지와 단둘이 읍내에 함께 갔던 적은 딱 세 번뿐이다. 한번은 내가 어머니의 자석 목걸이의 줄을 끊어서 알알이 된 조그만 자석을 가지고 놀았다. 그 자석을 귀에 넣었다 빼는 장난을 치다가 귓구멍에 들어간 자석 하나가 도무지 빠지지 않았다. 그 일이 벌어진 것은 저녁 무렵이었는데, 아버지가 이웃집에 가서 커다란 자석을 빌려다가 내 귀에 대보기도 했지만, 자석은 도통 빠지지 않았다. 나는 귓속에 자석을 넣은 채로 잠을 자고 일어나서 이튿날 아침에 아버지의 오토바이를 타고 이비인후과에 갔다.

다른 한번은 내가 개울가에서 놀다가 풀숲 벌집을 건드려서 땅벌에 쏘였을 때인데, 독한 벌이었는지 온몸에 두드러기가 났다. 마당으로 뛰어 들어오자 아버지가 나를 오토바이 뒤에 태우고 쏜살같이 읍내 병원으로 달려갔다. 나는 너무 겁이 나서 아버지의 허리만 꼭 붙잡고 있었다.

마지막은 학교 준비물 때문에 아버지를 졸라서 나무 판화를 사러 간 기억이다. 전날 읍내에 갔던 어머니가 분명 사다 준다고 했는데 그만 깜빡 잊어버렸던 것이다. 나는 저녁부터 울며불며 학교에 가지 않겠다고 떼를 썼다. 평소라면 그냥 학교에 가서 선생님께 꾸중을 듣고 말았을 텐데, 그날은 괜히 억지를 부렸다. 이튿날 아침, 아버지는 나를 오토바이에 태우고 읍내 문구사에 가서 나무 판화를 사주었다. 그

때는 5학년이나 6학년이었던 때로 기억하는데, 아버지의 허리를 끌어안기는 뭔가 쑥스러워서 우리 사이에 있던 손잡이를 가만히 붙잡고 있었던 것 같다.

이렇게 세 번이 아버지와 마을 밖에서 단둘이 함께했던 어린 시절의 기억이다. 우리가 살을 맞대고 단둘이 함께했던 기억이 그렇게 선명하다는 사실을 생각하면 눈물겹다. 얼마나 추억이 적으면 이렇게 선명할까.

어린 시절에 아버지를 부끄러워하는 게 그다지 특별하고 유별난 일은 아니겠다. 하지만 아쉬움까지 사라질 수야 없다. 만약 아버지를 부끄러워하지 않았다면, 아버지와 더 많은 추억을 쌓았을 것이다. 아버지는 아들과 함께하고 싶은 마음을 참지 않아도 되었을 것이다. 아버지와의 추억이 적은 것은 모두 나의 부끄러움 때문이다.

내가 다니는 학교 안으로 아버지가 처음 들어온 것은 대학 졸업식 날이다. 나는 졸업식이 무어 대수냐고 학교에 가지 않으려는 마음도 있었다. 그런데 그때 문득 무려 16년 동안이나 나를 학교에 보내느라 고생한 아버지 얼굴이 떠올랐다. 그래서 고향 집에 전화를 해서 졸업식 날짜를 알렸다. 부모님은 평소라면 괜찮다며 마다했을 법도 한데, 그때는 별다른 말씀도 없이 서울까지 왔다. 내가 다녔던 학교 건물 앞에서 함께 사진을 찍고 아버지 머리에 학사모도 씌워드렸다. 예약해둔 식당에 가서 점심도 같이 먹었다. 나는 용기를 내서 쌈을 싸서 아버지 입에 넣어드리며 아버지 덕분에 공부 잘 마쳤다고, 감사하다고 말씀드렸다. 아버지가 환하게 웃었다. 나는 아버지를 가볍게 끌어안았다. 어린 시절에 오토바이 뒤에 타고 가며 끌어안고 뺨을 대고 있던 아버지의 등이 생각났다. 아버지는 여전히 따뜻했다.

당신의 떨림

시골 마을에서 나고 자라다 보니 어린 시절에는 공
연을 볼 일이 없었다. 읍내에 하나 있었다는 극장은
금세 문을 닫아버려서, 영화를 보려면 근처 대도시
인 대전까지 버스를 타고 한 시간을 가야 했다. 그래
서 고등학생이 되어서야 처음으로 영화관에 가보았
다. 콘서트나 뮤지컬 같은 공연을 보지 못한 것은 두
말할 필요도 없다. 그래서 스무 살이 될 무렵까지 직
접 가수의 노래를 들은 경험은 산혹 읍내 공설 운동
장에서 열리는 지역 축제에서 들은 게 전부다.

대학을 다니면서는 가끔씩 공연을 보았다. 주머니 사정이 넉넉지 않아서 값비싼 공연을 보지는 못했지만, 대학로나 국립극장에 가서 연극을 보고, 이따금 여윳돈이 생기면 콘서트에 갔다. 세종문화회관이나 예술의전당에서 열리는 공연을 보러 가기도 했다. 전시회가 열리는 미술관도 가끔 들렀다. 어린 시절에 누리지 못한 문화생활을 뒤늦게 즐기다 보니, 한편으로는 즐거운 마음도 들었고 다른 한편으로는 어린 시절의 내가 참으로 문화적 혜택을 누리지 못했구나 하는 아쉬움도 들었다. 한번은 세종문화회관으로 오케스트라 공연을 보러 갔는데 공연장으로 향하는 계단에서 멋지게 양복을 차려입은 부부와 그들 곁의 나비넥타이를 맨 꼬마 신사를 보았다. 한없이 부러웠다. 억울한 마음도 생겼다.

멋진 공연을 보거나 아름다운 노래를 들으면 마음은 한없이 떨린다. 그런데 나는 스무 해 가까이 그런 떨림을 느끼지 못하고 살았다. 그것이 무엇인지 알지도 못하고 살았다. 그게 억울하고 또 슬펐다.

스무 살이 되어 서울로 오면서 충분치는 않지만 이것저것 다양한 경험을 하게 되었다. 그런데 생각해보면, 부모님은 내가 태어난 그곳에서 역시 태어났고 60년 넘도록 그곳에서 살고 있었다. 부모님의 삶은 늘 넉넉지 않았던 까닭에 제대로 된 공연을 본 적이 없었다. 그래서 기회가 되면 꼭 부모님과 즐거운 공연을 보러 가고 싶었다. 마음의 떨림을 선물하고 싶었다.

아이러니하게도, 첫 번째 기회는 아버지의 건강이 좋지 않아졌을 때 찾아왔다. 아버지는 몸이 안 좋아서 몇 달에 한 번씩 서울의 큰 병원으로 검진을 하러 왔다. 새벽 기차를 타고 서울에 와서 아침 일찍 검사를 하고 결과가 나올 때까지 몇 시간을 기다렸다가 다시 고향으로 가야 했다. 처음에는 경황이 없어 병원 로비에서 이런저런 이야기를 하거나 멍하니 시간을 보내다가 검사 결과를 들었다. 하지만 두 번째 검사를 하고 나서는 결과를 듣기 위해 기다려야 하는 시간 동안, 근처 영화관에 갔다. 어머니는 그냥 기다리면 되지, 뭐 그런 걸 보러 가느냐고 했다. 하지만 나는 못 들은 척 두 분을 끌고 영화관으로 향했다.

병원 근처에 대학이 있어서 영화관에는 대부분 젊은이들이었다. 우리는 어머니를 가운데 앉히고 양옆에 아버지와 내가 앉아서 함께 영화를 보았다. 뭐 그런 걸 보느냐고 하던 어머니는 어느새 영화에 푹 빠져버렸다. 아이고아이고, 안타까운 상황에는 추임새를 넣다가 놀라운 장면이 이어지면 옆에 앉은 내 무릎을 치며 저것 보라고, 그럴 줄 알았다고 이야기했다. 어머니에게 너무 크게 말하면 안 된다고 해도 어머니는 알겠다고 해놓고 곧 또 영화 속 인물들에게 말을 걸었다. 조금 민망하기도 했고, 한편으로는 주변에 앉은 젊은 대학생들이 우리 쪽을 바라보며 불쾌한 내색을 내비치거나 눈을 흘기지 않아서 고맙기도 했다. 아버지는 별다른 말 없이 영화를 다 보고 나서는 재밌다고 한마디 했을 뿐이다.

한번은 고향 집에 갔을 때 안방에서 어머니와 함께 「가요무대」를 보다가, 어머니에게 어떤 가수를 좋아하느냐고 물었다. 어머니는 망설임 없이 말했다.

"가수는 남진이지."

그 이야기를 들은 다음부터 한번씩 공연 예매 사이트에 들어가서 남진 아저씨의 공연이 언제 열리는지 확인했다. 옥천은 너무 작은 고장이라 콘서트가 열릴 리가 없었고, 그렇다고 먼 도시에서 열리는 공연이면 부모님이 마다할 게 분명해서, 가까운 대전에서 공연이 열리기를 기다렸다.

무려 2년이 다 되어서야 대전 공연 소식을 들었다. 나는 맨 앞쪽 자리 티켓을 예매했다. 그리고 어머니한테 전화를 걸어 이야기했다. 몇 월 며칠에는 어디 같이 가야 하니까, 다른 약속을 잡지 말라고.

공연 열흘 전쯤에야 남진 콘서트에 갈 거라고, 이미 날짜가 임박해서 취소하면 티켓값을 다 날리는 거라고, 다른 말 말고 예쁜 옷이나 준비해두라고 이야기했다. "으이구, 맘대로구먼." 하며 어머니는 슬쩍 혀를 차는 시늉을 했다.

공연 전날, 고향에 가서 부모님과 함께 잤다. 그리고 이튿날, 부모님과 공연장으로 갔다. 맨 앞자리로 안내하고 밖으로 나오다가, 무수한 관객들을 보며 남진 아저씨의 여전한 인기에 놀라고, 부모님과 함께 온 수많은 자식들을 보며 놀랐다. 아, 저들은 저렇게 부모의 떨림을 지켜보고 있었구나. 조금 울컥했다.

공연이 끝나고 나서 어머니한테 어땠냐고 물었다. 아들 덕분에 남진 오빠 노래 잘 들었다, 근데 자리가 너무 앞쪽이라서 고개 아프더라, 그러니 다음에 예약 할 때는 한 다섯 번째 줄로 하라고 어머니가 말했다. 소녀처럼 환하게 웃으며.

쑥스러워도 괜찮아

나는 별로 낯을 가리지 않는다. 데면데면한 사람에게 다가가서 친한 척을 할 만큼은 아니지만 처음 보는 사람과 단둘이 있어도 불편하거나 어색하지 않다. 회사 회식에서 사장님 맞은편에 앉아도 주눅 들지 않고, 처가에서 장인어른과 단둘이 있어도 진땀을 흘리지 않는다. 그래서 회사에서 조금 어색한 자리가 있으면 등을 떠밀려 곤란한 자리에 앉기도 한다. 아내는 나를 장인어른과 단둘이 남겨두고 친구를 만나러 나가기도 한다. 아무리 그래도…….

아무튼 나는 낯가림이 없는 편이다. 다른 사람에게 이런저런 이야기를 건네는 것도 좋아하고 상대의 이야기를 가만히 듣는 것도 좋아한다. 특별히 할 이야기가 없으면 그저 가만히 있어도 어색해하지 않는다. 그렇지만 나도 어려워하는 게 있다. 바로 쑥스러운 상황이다.

　쑥스러움은 대개 좋아하는 사람과의 사이에서 생겨난다. 내가 좋아하는 사람이 나에 대해 칭찬할 때, 또는 내가 좋아하는 상대를 칭찬하거나 고마움을 이야기해야 할 때 생겨난다. 물론 다른 사람이 나를 칭찬하거나 누군가 나에게 고마움을 표시할 때야 어느 정도 준비가 되어 있다. 상대의 말에 대해 감사해하면서도 손사래를 치거나 적당한 웃음을 짓는다면 곧 쑥스러움은 사라진다. 쑥스럽게 왜 그러느냐고 말하며 쑥스러움을 물리칠 수 있다. 정말 곤란한 일은 내가 누군가에게 감사 인사를 해야 할 때이다. 웬만한 감사 인사야 가볍게 해낼 수 있다. 하지만 진심에서 우러나온 감사의 인사를 해야 할 때는 쑥스러움이 너무 커서 어쩔 줄 몰라 한다.

아무래도 가장 쑥스러운 상대는 부모님이 아닐까 싶다. 부모님과 살갑게 지내며 자기 마음을 잘 표현하는 사람도 있겠지만, 나는 아무래도 그런 것이 영 쑥스럽다. 마음을 표현하는 게 영 어색하다. 어버이날에 전화를 해서 오늘은 뭐 하시냐, 어디 아픈 데는 없으시냐, 이런 날 아들이 집에 가면 좋을 텐데 어쩌냐, 이런 이야기를 빙빙 둘러서 하다가 전화를 끊기 일쑤다. 생신이 되면, 식구들이 모두 모인 자리에서 조카들의 목소리를 앞세워서 사랑하는 아버지, 사랑하는 어머니라고 낮은 목소리로 노래를 따라 부르는 게 전부다.

내년이 되면, 어버이날이 오면, 부모님 덕분에 이렇게 살고 있다고, 감사하다고, 사랑한다고 이야기하겠다. 생신에는 한번 안아드리겠다. 이렇게 글을 써두지 않으면 도무지 용기가 나지 않을 것 같다.

쑥스러울 것이다. 물론 그럴 것이다. 하지만 쑥스러우면 뭐 어떤가. 쑥스러워서 기절했다는 사람의 이야기는 들어본 적이 없으니 괜찮을 것이다.

안녕

무더운 여름, 아내의 친구 가족과 함께 남해 바닷가
로 피서를 떠났다. 아내의 친구 부부는 여덟 살 딸과
다섯 살 아들을 두고 있다. 우리의 목적지는 전남 고
흥이었다. 차 막히는 게 걱정되어 새벽에 출발했는
데, 역시나 고흥은 멀었다. 대여섯 시간을 달려서야
남해 바닷가에 도착했다. 우리는 파도가 밀려오는 바
닷가에서 물놀이를 했고, 난생처음 서핑을 배웠다.
나무 그늘에 누워 시원하게 낮잠도 잤다. 근처 유명
한 식당에 가서 맛있는 음식도 먹었다. 고흥을 돌아

다니다 보니 자연스럽게 한국 최초의 우주발사체 나로호를 발사한 곳이 그곳이라는 것도 알게 되었다.

우리는 여기저기 숙소를 옮겨 다니지 않고 한 곳에서 묵었다. 그곳은 산 입구에서 몇 킬로미터나 들어가야 하는 산 중턱에 자리한 자연휴양림이었다. 그 덕분에 지독한 무더위도 좀 덜하게 느껴졌다. 산세도 아름답고 구름도 예뻤다. 우리는 그곳에서 다 같이 잠도 자고 밥도 먹었다. 그 아름다운 풍경에서 닷새를 머물렀는데, 가장 인상적인 기억은 다섯 살짜리 아이의 한마디였다.

저녁을 먹고 나서 쓰레기를 버리러 나서는 길에 그 아이가 자기도 따라가겠다고 나섰다. 해가 저물었고 가는 길에 돌계단도 있어서 방에 있으라고 했지만 아이는 내 바짓가랑이를 붙잡은 채 한사코 떼를 썼다. 나는 한 손으로는 쓰레기를 들고, 다른 손으로는 아이를 안고 밖으로 나갔다. 쓰레기를 다 버리고 나서 돌아오는 길에 아이가 손가락으로 하늘을 가리켰다. 하늘은 온통 별이었다. 서울 하늘에서는 좀처럼 볼 수 없는 풍경이었다. 나는 하늘에서 반짝이는 저것들이 바로 별이라고 이야기해주었다.

나는 두 손을 살짝 오므려 망원경처럼 눈에 대고 하늘을 바라보았다. 그러자 숙소의 가로등 불빛이 조금 가려지며 별이 더 많이 보였다. 아이도 비슷하게 따라했다. 별자리에 관한 이야기를 많이 알고 있지는 못해서, 아이에게 북극성과 북두칠성의 위치를 알려주고는 별은 저마다 이야기를 간직하고 있다고 말해주었다. 아이는 한참이나 별이 빛나는 하늘을 바라보았다. 이제 방으로 돌아가자고 말하며 아이를 번쩍 안았다. 그러자 아이가 아쉬워하며 하늘을 향해 손을 흔들었다. 그리고 인사했다.

"안녕!"

'안녕'은 흔한 말이다. 안녕, 안녕하세요, 안녕히 계세요 등등 일상적으로 쓰이는 말이다. 누구를 만날 때도 쓰고 헤어질 때도 쓴다. 자주 쓰는 바람에 그다지 무겁게 여겨지지 않는다. 그런데 다섯 살짜리 아이의 "안녕!"이라는 말이 왜 마음을 흔들었을까. 왜 눈물이 날 것 같아서 꾹 참아야 했을까.

그동안 내가 사람들에게 건넸던 '안녕'이, 정말 그들의 안녕을 바랐던 게 아니라 그저 의례적인 인사에 불과했다는 것을 깨달았기 때문이다. 부러움도 있었을 것이다. 사람뿐만 아니라 만나고 헤어지는 모든 것에게 진심으로 안녕을 바라는 다섯 살 아이의 순수한 마음이 부러웠다. 낡았다고 생각했던 말이 어느 순간 생기 있는 모습으로 다시 태어나는 걸 온몸으로 느꼈기 때문일지도 모르겠다.

공교롭게도 얼마 전, 『안녕』(안녕달 지음, 창비 2018)이라는 그림책을 읽었다. 늙은 소시지 할아버지와 버려진 강아지 사이의 우정을 담은 기이한 책이다. 이 둘은 소시지 할아버지의 죽음으로 인해 헤어지게 되는데, 소시지 할아버지는 죽어서도 강아지가 안녕하게 지내는지 궁금해한다. 삶과 죽음의 경계조차 가뿐히 넘어서 다른 이의 안녕을 바라는 마음은 오래오래 기억에 남을 것만 같다. 별들을 향해 "안녕!"이라고 말했던 아이의 한마디처럼.

별에게 "안녕!"이라고 말한 아이는 서울 성동구 행당동에 사는 이나겸, 이철원 씨의 토끼 같은 아들 이정훈 군이다. 여기저기 아파서 부모의 속도 자주 썩이고 떼도 많이 쓰고 쉴 없이 뛰어다니는 장난꾸러기이지만 앞으로 건강하고 씩씩하게 자라길, 내내 안녕하기를 기원한다.

슬하

슬하. 무릎 아래라는 말. 참 따뜻하다. 그 말을 만나면 할아버지가 떠오른다. 어린 시절, 아버지와 어머니는 4남매를 키우며 농사일까지 하느라 늘 바빴다. 부모님을 대신해서 할아버지가 자주 나를 데리고 다니며 이것저것 이야기를 많이 들려주었다. 천자문도 알려주었다. 가끔은 술에 취해서 고래고래 소리를 지르기도 하고, 집안 문제로 누군가와 다투는 모습도 보았다. 그러나 나에게만큼은 참 다정하고 따뜻했다.

할아버지는 성실했다. 우리 4남매에게도 항상 성

실하게 살라고 자주 이야기했다. 그래서 웬만한 이유로는 학교를 빠질 수가 없었다. 한번은 비가 많이 오는 날이었다. 학교에 가려면 개울에 놓인 다리를 건너야 하는데, 비가 많이 온 탓에 개울물이 불어서 건너갈 수가 없었다. 할아버지는 가슴팍까지 잠기는 개울물 속으로 들어가서는 우리 4남매를 한 명씩 안아서 건너다 주었다. 우리는 우산을 쓰긴 했지만 워낙 비가 세차서 온몸이 다 젖은 채로 학교에 도착했다. 그런데 학교에는 아무도 없고 소사 아저씨만 있었다. 아저씨는 어떻게 학교에 왔느냐며, 오늘은 비가 너무 많이 와서 휴교를 했다고 말해주었다. 우리는 서무실에서 난로를 쬐며 몸을 녹이고 비가 그치기를 기다렸다가 아주 멀리 산길로 돌아서 집에 돌아왔다.

한번은 할머니가 아스팔트 길에서 넘어져서 크게 다쳤다. 그래서 한 달쯤 병원 신세를 지게 되었다. 누군가 곁에서 병간호를 해야 하는데, 우리 4남매는 학기 중이고 농사일도 한창이라 아버지, 어머니는 다른 형제들에게 도움을 요청해야 할지 고민하고 있었다. 그때 할아버지가 홀연 짐을 챙겼다. 할머니가 퇴원할 때까지 병간호는 자신이 하겠다고 말하며. 부모님이 말렸지만 할아버지는 의당 그래야 한다며 물러서지 않았다. 그리고 정말 할머니가 퇴원할 때 같이 집으로 돌아왔다. 할아버지 연세가 이미 칠순을 훌쩍 넘겼을 때였다.

물론 멋진 모습만 기억하는 것은 아니다. 내가 초등학교 4학년 때였다. 조금 멀리 떨어진 유원지로 소풍을 간 날이었다. 우리는 보물찾기도 하고 간단한 장기자랑도 했다. 김밥을 먹고 나서 드디어 놀이 기구를 탈 시간이 다가왔을 때였다. 그때 한 선생님께서 6학년이던 작은누나와 나를 부르더니 짐을 챙겨서 따라오라고 했다. 놀이 기구를 타야 하는데, 짐을 챙겨서 따라오라니 청천벽력 같은 소리였다. 영문도 모르고 따라간 곳에는 술 취한 할아버지가 노래를 부르고 있었다. 이유인즉, 우연인지 필연인지 그날 동네 노인회에서도 그 유원지로 다 같이 나들이를 왔는데, 할아버지가 일찍부터 취했던 것이다. 할아버지와 작은누나, 그리고 나는 선생님이 부른 택시를 타고 집으로 돌아왔다. 지금에야 재미있는 추억이지만, 그때는 할아버지가 미웠다. 청룡열차를 타지 못한 게 너무나 아쉬웠으니까.

할아버지는 간혹 어린 시절의 나를 붙잡고는, 내가 대학에 들어갈 때까지는 열심히 살아야겠다는 말을 했다. 아무래도 장가가서 자식을 낳을 때까지 살지는 못할 것 같다고 했다. 그런데 정말로 내가 대학에 입학한 지 얼마 되지 않았을 때 할아버지가 돌아가셨다.

할아버지 장례는 병원이 아니라 집에서 치렀는데, 발인을 앞두고 한 가지 문제가 생겼다. 할아버지는 당신의 건강이 안 좋아지는 걸 알고는 미리 당신이 묻힐 자리를 정해두었는데, 그 자리가 문제였다. 할아버지가 집안 선산의 능선에 정한 당신의 자리는 양지바른 곳이 아니라 바람이 드세게 부는 곳이었다. 할아버지는 우리 집안의 세찬 바람은 자기가 다 맞겠노라고, 그러니 남은 사람들은 평안하게 지내라는 뜻으로 그리 정한 것이다. 한쪽에서는 할아버지의 뜻대로 해야 한다고 했고, 한쪽에서는 평안히 쉴 수 있는 곳으로 장소를 바꾸어야 한다고 주장했다. 갑론을박 끝에 할아버지의 뜻과 달리 양지바른 곳으로 할아버지를 모셨다. 생전에도 고생이 많았는데 돌아가셔서도 바람 드센 곳에 계실 수 없다는 의견이 결국 이겼다.

하관식이 있던 날, 기억난다. 깊은 땅속에 할아버지가 묻힐 때, 많이 울었다. 가까운 사람의 죽음이 처음이었기 때문에, 그리고 그 사람이 바로 다정하고 따뜻한 할아버지였기 때문에 참 오래 울었다. 그런데 10여 년이 지나서 다시 눈물 바람으로 할아버지의 무덤을 찾게 되었다. 아들이 세상을 떠나서 그 화장한 유골을 뿌려야 할 곳을 정해야 했을 때, 나는 어쩔 수 없이 할아버지의 '슬하'를 떠올렸다. 아들의 유골함을 들고 할아버지가 누워 계신 곳으로 갔다. 나는 그저 눈물을 흘리며 울부짖었고, 아버지와 장인어른께서 유골함을 들고 할아버지 무덤 근처에 아들의 유골을 뿌렸다. 할아버지, 죄송하지만 우리 아들 잘 좀 부탁드려요, 아직 말도 못 배웠는데요, 저 어릴 때처럼 데리고 다니며 이것저것 알려주세요, 이렇게 부탁을 하고 돌아왔다.

'슬하'라는 말은 참 따뜻하다. 아들이 할아버지의 슬하에 있으리라 생각하면, 여전히 눈물 나지만, 조금은 다행스럽다.

3부

마음 우물

양말에 난 구멍 같다

들키고 싶지 않다

—「슬픔은」

정곡을 찔리다

가끔 내 자신이 어떤 사람인지 궁금하다. 다른 사람은 나를 어떤 사람으로 생각하는지 궁금해진다. 그저 궁금해하고 말면 괜찮을 텐데, 참지 못하고 주변 사람에게 나를 어떻게 생각하느냐고 묻는다. 그래서 결국 사달이 나고 만다.

질문을 받은 아내는 역시나 지혜로웠다. 솔직하게 말해도 되느냐고 먼저 되물었다. 그 말을 들을 때부터 이미 무언가 잘못되기 시작했다는 예감이 들었다. 그때라도 질문을 취소하고 없던 일로 치면 괜찮았을 텐데……. 솔직하게 말해달라고, 그게 내가 원하는 거라고 말하고 말았다. 질문을 철회하고 물러서는 것이 민망해서, 그리고 불길한 예감보다 호기심이 더 컸기 때문이다.

아내의 이야기를 옮기자면, 나는 좋아하는 일에는 몰두하지만 그렇지 않으면 전혀 무관심한 사람이다. 사람에게도 마찬가지다. 좋아하는 사람을 위해서라면 무엇이든 마다하지 않지만, 그렇지 않으면 전혀 신경을 쓰지 않는 사람이다. 남들에게 도움이 되는 일을 할 때도 있지만, 그저 내가 좋아하기 때문에 벌이는 일인 만큼, 그것을 완전한 선의로 보기는 어렵다는 이야기도 했다. 아내의 말을 한마디로 줄이자면, 나는 이기적이고 자기중심적인 인간이라는 이야기였다.

"너는 스스로 꽤 이타적인 사람이라고 생각할지는 모르겠지만……."이라는 말을 마지막으로 아내는 대

답을 멈추었다. 아무래도 내 표정이 너무 굳었기 때
문일 것이다.

아내의 이야기를 들으며 불쑥불쑥 화가 났다. 그동
안 다른 사람을 배려하느라, 또는 꼭 해야 한다고 생
각해서 전혀 좋아하지 않는 일을 얼마나 열심히 해
왔는지 강변하고 싶었다. 별로 마음에 들지 않는 사
람을 친절하게 대하려고 얼마나 애썼는지 말하고 싶
었다. 성인군자는 아니지만 다른 사람에게 조금이라
도 도움이 되기 위해 노력한 일들을 손가락 꼽아가
며 열거하고 싶었다. 나는 이기적이지도 않고 자기
중심적이지도 않다고 말하고 싶었다. 하지만 그럴 수
없었다. 그것은 반박이 아니라 화를 내는 일이니까.
아내는 이미 솔직하게 이야기해도 되느냐고 물었고,
안타깝지만 나는 그래도 된다고 답했다. 솔직하게 말
해도 된다는 것은 상대가 어떤 말을 해도 화를 내지

않겠다는 약속과 다르지 않다.

좀 더 솔직하자면, 아내에게 당신은 훨씬 더 이기적이고 자기중심적이라고 말하고 싶었다. 아내가 자신을 어떤 사람으로 생각하는지 묻지도 않았는데 말이다. 다행히도 그 말을 꾹 참았다. 이기적이고 자기중심적인 데다가 속까지 좁다는 이야기를 들을 수는 없었다.

아무튼 억울하고 답답한 마음이었지만 어쩔 수 없는 노릇이었다. 미련하게도 괜히 나 스스로가 구덩이를 파고 들어간 셈이니까. 결국 이 말 한마디만을 남겼다.

"아, 그렇구나."

스스로 자초하는 어리석은 경우가 아니더라도, 살다 보면 가끔 다른 사람에게 비판받을 때가 있다. 그때 평정심을 유지하는 게 쉽지 않다. 상대가 평소에 좋아하고 신뢰하는 사람일 때는 더욱 어렵다. 그래서 어리석게 대처하기도 한다. 상대의 이야기와 상반되는 근거를 내세워 항변하고, 상대의 이야기 중에서 논리가 조금이라도 허술한 부분을 공격한다. 우리 사이에 왜 그런 이야기를 하느냐고 서운해하며 상황을 모면하려 노력하기도 한다. 상대가 자신에게 겨눈 비판의 칼을 고스란히 반대편으로 겨누며 상대를 공격하기도 한다. 당신은 비판받을 여지가 없는 줄 아느냐고 따지며 상대에게 무안을 주기도 한다. 모두 그릇된 대응이고 조금만 지나도 후회할 게 분명하지만, 비판을 받고 나면 정신이 없기 때문에 그런 어리석은 선택을 하고 마는 것이다.

돌이켜 보면, 상대가 나에게 턱없는 비판을 할 때는 화를 내거나 평정심을 잃지 않았다. 별다른 대응을 하지도 않았다. 그저 웃고 말았을 뿐이다. 상대의 비판 때문에 흥분했다면, 아마도 상대의 말이 옳거나 그렇게 여길 만한 여지가 충분했기 때문이다. 정곡을 찔렸기 때문이다. 그러니 비판을 듣는다면, 그 말을 곱씹어볼 필요가 있겠다. 그런데 아무래도 얼굴을 마주한 상태라면 차분하게 그 말을 곱씹는 게 쉽지 않다. 그러니 누군가에게 비판을 받는다면, 잠시 자리를 피해서 그 말을 곱씹어보는 게 어떨까.

앞으로는 아내와 이야기를 하다가 비판과 직면하면 화장실에 가거나 급한 전화가 있다는 핑계를 대서라도 잠시 자리를 피해야겠다. 다른 자리에서 마음을 가라앉힌 후에 아내의 이야기를 곱씹어볼 것이다. 자리를 피하는 게 비겁한 일일지는 모르지만, 평화를 위해서라면 기꺼이 비겁해질 것이다.

정말 괜찮을까

요즘 들어 거울을 보다가 깜짝 놀랄 때가 있다. 언제부턴가 눈에 띨 정도로 정수리 주위가 훤해져서다. 머리숱이 전혀 없는 것은 아니지만 언젠가는 대머리가 되지 않을까 염려스럽다.

약을 먹는 것은 내키지 않고 그렇다고 마냥 두고 볼 수 없어서 얼마 전부터 탈모에 좋다는 샴푸로 머리를 감고 있다. 탈모를 막는 데 도움이 된다는 스프레이도 꼬박꼬박 뿌리고 있다.

중요한 것은 외형이 아니라고, 사람의 외모가 아니

라 마음을 들여다보아야 한다고 종종 주변 사람에게 이야기하는 나로서는 탈모가 여간 곤혹스러운 일이 아니다. 머리를 감고 나서 욕실 바닥에 떨어진 머리카락들을 바라보며 의기소침해지기도 하고, 그깟 머리카락이 무어 대수냐고 훌훌 털어버리려다가도, 이대로 그냥 두어서는 안 될 것만 같다. 오락가락이다. 정말 괜찮을까, 대머리가 되어도?

탈모를 두려워하는 까닭은 무엇일까. 대머리가 되면 부끄러울 것이라고 생각하는 이유는 도대체 무엇일까.

대머리에 대한 사람들의 시선 때문일까. 대머리는 정상이 아니라고 생각하는 사람들의 눈총 때문일까. 그러한 시선은 뿌리가 깊기는 하지만 특별한 근거가 없는 게 사실이다. 털이 많은 게 털이 적은 것보다 더 우월하다는 생각에는 별다른 근거가 없다. 그러나 아마도 사회적인 시선에 내가 동참하고 있다는 게 더 큰 문제인 것 같다. 나 또한 오랫동안 대머리가 일반적이지 않으며, 근거 없이 대머리를 잘못처럼 여겨왔다. 무언가 모자라다고 막연히 생각해왔다. 어렸을 때는 대머리인 선생님을 두고 농담을 하거나 아버지가 대머리인 친구를 놀리기도 했다. 그런데 내 머리숱이 줄어들자, 그 문제에 대해 고민하게 되었고, 이제야 그 문제를 진지하게 바라보게 되었다.

아무래도 내가 대머리가 되면 다른 사람들이 비웃을 것 같다. 대놓고 비웃지는 않더라도 뒤에서 수군거릴 것만 같다. 이 두려움은 사람들이 내면이나 마음이 아니라 외모를 보고 나를 평가하리라는 걱정 때문인 것 같다. 다른 사람들이 과거의 나처럼 어리석은 생각을 하리라고 짐작하기 때문일 것이다.

선택의 길은 두 갈래다. 하나는 사람들의 시선을 인정하고 약을 먹는 것. 그럼 나는 풍성해지지는 않더라도 대머리를 면할 수 있지 않을까 싶다. 이미 좋은 약이 많이 개발되어 있다. 나머지 하나의 길은 다른 사람들을 믿는 것이다. 사람들이 내 머리가 아니라 마음과 내면을 바라봐주리라 믿는 것이다. 그러기 위해서는 나 스스로가 더 나은 사람이 되어야 할 것이다. 요약하자면 약을 먹거나 더 나은 사람이 되거나 둘 중의 하나는 선택해야 한다.

나는 그 선택의 기로에서 후자를 택하기로 했다. 그러지 않았으면 좋겠지만, 대머리가 되어도 어쩔 수 없다. 약을 먹고 머리털을 관리하는 시간을 나 자신의 내면을 아름답게 가꾸는 데 쓰기로 했다. 물론 머리털이 더 빠지고 대머리의 시간이 임박해오면 다시 고민할지도 모르겠다. 약을 먹거나 가발을 쓸지도 모르겠다. 그러나 그러한 길을 봉쇄하기 위해서 이렇게 글을 써둔다.

다만 한마디만 덧붙이겠다.

아내여, 우리 집안사람들이 머리숱은 많지 않아도 대머리는 없다고 했는데…… 미안합니다. 그렇지만 대머리가 되어도 사랑하겠다는 약속은 꼭 지켜주길 바랍니다.

오래된 반말

나는 고등학교 교복을 입으면서 이제 다 컸다고 생각했다. 이만큼 컸으면 인생을 스스로 이끌어가야 한다고 생각했다. 어른이 되었다고 생각했다. 내 일은 부모님이나 형제들과 상의하지 않고 스스로 판단하기로 마음먹었다. 어른으로 살아가기 위해 애썼다.

하지만 세상 사람들은 여전히 나를 어린아이로 취급하곤 했다. 대학생이 되고 투표권이 생기고 군대를 다녀왔는데도, 어른으로 대접받지 못하는 경우가 허다했다. 나이가 많다는 이유로 함부로 내 인생에 대해서 조언하고 간섭하고 침범했다. 윗사람이라고 해서 마치 나를 다 안다는 태도로 함부로 말하기 일쑤였다. 특히나 아무렇지 않게 반말을 하는 것은 도무지 참기 어려웠다.

20대 중반의 일이다. 배가 아파서 동네 내과에 갔다. 처음 가는 병원이었다. 진료실에 들어갔더니 대략 50대로 보이는 의사가 물었다.

"음, 그래, 어디가 아파서 왔어?"

아마도 그날 배가 많이 아파서 그랬을 것이다. 평소라면 그렇게까지는 하지 않았겠지만 신경이 곤두서 있어서 그랬을 것이다. 나는 이렇게 대답하고 말았다.

"어, 배가 아파서 왔어!"

내 대답을 들은 의사는 잠시 놀라는 듯하더니 다시 평정심을 찾고 진료를 보기 시작했다. 물론 그다음부터는 말을 아꼈고 필요한 경우에는 존댓말을 썼다. 당연히 나도 존댓말로 대답했고, 진료가 끝나고서는 깍듯하게 인사하고 진료실을 나왔다.

대학을 다니는 동안에는 후배라는 이유로 함부로 말을 놓는 선배들과는 가깝게 지내지 않았다. 사회에 나와서는 초면에 나이가 같다는 이유로 말을 놓자고 반말로 제안하는 사람에게는 그렇게 하고 싶지 않다고 정중하게 거절했다. 회사에서나 사회에서 나보다 나이가 적은 사람을 만나도 말을 놓지 않았다. 오랫동안 알고 지내던 후배가 형 동생으로 편하게 지내자고 말했지만 나는 가만히 웃으며 이렇게 존댓말을 쓰는 게 좋겠다고 답했다. 그런 이유로 동갑이거나 나이가 많은 사람들에게는 유난스럽고 까칠한 녀석이라는 힐난을 들었다. 후배들에게는 거리감이 느껴져서 서운하다는 이야기를 듣기도 했다.

반말을 듣는 게 싫은 이유는, 상대가 반말을 하는

순간 더 이상 나를 존중하지 않는 경우가 많았기 때문이다. 서로 반말을 할 수 없는 사이에서는 존댓말을 해야 상대에게 존중받을 수 있었기 때문이다. 반대의 경우도 마찬가지다. 내가 다른 사람에게 반말을 하는 게 싫은 이유는, 그 사람을 존중하고 싶기 때문이다. 내가 나이가 많다는 이유로 상대를 낮추어 보면 말을 함부로 하게 되고 실수를 하게 되고 거리가 멀어지기 때문이다. 존댓말을 하면서도 충분히 가까워질 수 있다고 믿기 때문이다.

앞서 말했다시피, 나는 고등학교에 들어갔을 때 어른이 되었다고 생각했다. 고등학생쯤 되면 누구도 함부로 반말을 하면 안 된다고 생각했다. 나중에 내가 어른이 되면 고등학생부터는 어른으로 대접해야겠다고, 반말 대신 존댓말을 해야겠다고 마음먹었다. 그리고 그 다짐을 지금껏 지켜오고 있다. 주변에서 나이가 많다는 이유로 상대에게 거침없이 반말을 하는 사람들을 보며, 참 한심하다고 생각했던 적도 있다. 스스로 참 잘하고 있다고 생각했다. 그런데 내가 아직 많이 부족하구나 깨닫게 한 사람이 있다. 그는 나와 같은 생각에서 멈추지 않고 아주 어린 사람에게도 존댓말을 해야 한다고 말했다. 바로 방정환 선생이다.

방정환 선생은 「심부름하는 사람과 어린 사람에게도 존대를 합니다」라는 글에서, 모든 사람에게 같은 말을 쓰자고 주장했다. 자기보다 지위가 낮다는 이유로, 나이가 어리다는 이유로 하대하지 말 것을 주장했다. 심지어 자기 자녀들에게도 경어를 쓰자고 했다. 무려 100년 전에 이러한 주장을 했다. 지위와 나이를 빌미로 하대하는 것은 '까닭 없는 차별'이며 '나쁜 윤리'라고 했다.

다른 사람을 존중하는 마음은 말에서 먼저 드러나기 마련이다. 지위가 낮다는 이유로, 나이가 어리다는 이유로 함부로 반말을 하지 말아야 한다. 상대의 존중을 얻는 방법은 높은 지위가 아니라, 많은 나이가 아니라, 깊고 넓은 마음뿐이다.

말랑말랑한 짜증

내 성격에 다양한 결점이 있다는 것을 알지만, 그래도 괜찮은 점을 찾아보자면 다른 사람에게 짜증을 내지 않는다는 것이다.

한번은 내가 왜 짜증을 내지 않는지 생각하다가 몇 가지 이유를 짐작해보았다. 먼저, 나는 충북 옥천에서 태어나서 고등학교까지 다녔다. 다른 지역 사람들은 농담 삼아 충청도 사람들이 음흉하다고, 속내를 알 수가 없다고 한다. 지역의 특성이라는 게 실제 있는지 확신할 수도 없고 그렇다 하더라도 모든 이에게 적용할 수는 없을 테지만, 적어도 내 고향에 사는 사람들이 자신의 감정을 잘 드러내지 않는다는 건 맞는 말인 것 같다. 나 또한 감정을 가감 없이 드러내기보다는 완곡하게 표현하는 데 익숙하다. 다른 감정들도 마찬가지일뿐더러, 누군가에게 짜증이 나는 상황에서도 그것을 직접 드러내기보다는 에둘러 표현하는 경우가 많다.

게다가 나는 동네 사람들끼리 서로 잘 알고 지내는 시골 마을에서, 그것도 대가족을 이루어 살았다. 집안에는 할아버지와 할머니가 계시고 밖에 나가면 곳곳에 동네 어른들이 계시는 상황에서 감정을 솔직하게 드러내는 건 쉽지 않았다. 늘 주변을 살피며 눈치를 보는 게 익숙해져서 남들에게 짜증 내는 법을 익힐 틈이 없었다. 그러니까 나는 자연스레 짜증을 내지 않는, 어쩌면 짜증을 내지 못하는 성격이 되었던 게 아닌가 싶다. 나만 유독 그런 성격이었던 것은 아니다. 우리 가족은 물론이고 마을 사람들 역시 누군가에게 짜증을 내는 것보다는 넌지시 이야기하거나 우스개를 섞어 자신의 마음을 표현했다. 그런 이유들로 나는 짜증과 거리가 먼 사람이 되지 않았나 싶다.

고향을 떠나서 타지에서 생활을 시작하고 보니 세상에는 짜증을 내는 사람이 참 많았다. 별것 아닌 일로 왈칵 짜증을 내는 사람이 도처에 있었다. 때로는 가깝게 지내는 친구가 짜증을 냈고, 여자 친구도 짜증을 냈고, 회사 동료도 짜증을 내곤 했다. 낯선 사람들도 어찌나 자주 짜증을 내던지 놀라울 정도였다.

나는 짜증과 마주치면 어찌해야 할지 몰라서 당황스러웠다. 정신이 하얘지고 입이 얼어붙었다. 왜 나한테 짜증을 내느냐고 말하지도 못했다. 하지만 짜증과 마주칠 때마다 속상했다. 저 사람은 왜 짜증을 낼

까, 왜 저러는 것일까 생각하면 나도 좀 짜증이 나고 화가 났다. 고요했던 마음이 폭풍우라도 만난 것처럼 요동쳤다. 그렇다고 왜 짜증을 내는지 따져 묻지도 못했다. 그저 속만 상하는 날이 많았다.

그런 일을 자주 겪게 되면서, 짜증은 중요한 문제가 되었다. 어떻게든 해결해야 한다는 생각이 들었다. 짜증과 마주치면 어떻게 해야 할지 대응책을 마련하기로 했다. 퍼뜩 머릿속을 스친 방법은 '이에는 이, 눈에는 눈'이었다. 짜증을 내는 사람에게 나 또한 짜증으로 맞대응하는 방법을 떠올렸다. 하지만 이것은 도무지 나에게 어울리지 않는 방법이었다. 오랫동안 짜증을 내지 않은 사람이 갑자기 짜증을 낸다는 건 영 어색했다. 다음 방법은 정중하게 되묻는 것이었다. 저한테 짜증을 내시는 건가요, 짜증을 내실 만큼 제가 잘못한 게 있나요, 하고 말이다. 이 방법은 몇 번 활용해보았지만 그리 효율적이지 못했다. 내가 아무리 정중하게 이야기하더라도 상대는 내 태도를 공격적이라고 여기는 듯했다. 가벼운 짜증을 화로 되갚는다고 생각하는 것 같았다. 아마도 그 느낌이 전혀 틀린 것은 아니었겠다. 그다음 방법은 그저 무시하는 것이었다. 아직 마음 공부가 덜 되어서 다른 사람의 마음을 헤아릴 줄 모르는 사람이니 무시하고 말아야겠다는 생각이 들었다. 그저 스쳐 가는 바람이겠거니, 바람에 흩날린 머리칼을 가볍게 만지듯이 내 마음을 다스려야겠다고 생각했다. 얼마쯤 효과가 없지 않았지만 여전히 짜증과 마주치면 속절없이 당황하고 한참 동안이나 마음이 괴로웠다. 가벼운 바람이 아니라 태풍처럼 느껴졌다.

아직도 짜증을 만나면 어떻게 해야 할지 도무지 모르겠다. 짜증과 만나면 몇 시간이나 속을 끓이느라

다른 일을 하지 못할 때도 있다. 다만 요즘에는 새로운 방법을 시도해보는 중이다. 나는 얼마 전 마시멜로 사탕 한 봉지를 샀다. 그리고 이름을 '짜증 사탕'이라고 붙였다. 짜증과 마주치면 그 사탕을 하나 까서 꼭꼭 어금니로 씹어 먹는다. 이가 좀 상할 수도 있겠지만 마음이 썩는 것보다야 나을 것이다. 나는 마시멜로 사탕을 꼭꼭 씹어 먹으며 주문을 외운다.

짜증은 사람을 해치지 않는다.

미워하는 일은 힘들어

예수님은 이웃을 사랑하라고 말했다. 믿음이나 소망
보다 사랑이 더 중요하다고 했다. 부처님은 다른 사
람들에게 자비의 마음을 가지라고 했다. 아마 공자님
도 그렇고 훌륭한 분들이라면 다들 그렇게 이야기했
을 것이다. 백번 지당하신 말씀.

그러나 나는 그분들처럼 훌륭한 인물이 아니다. 그
저 보잘것없는 한 인간일 뿐이다. 그러다 보니 다른
사람을 미워하는 일이 없지 않다. 괜히 짜증을 내는
직장 동료를 미워하고, 운전을 하다가는 깜빡이를 켜

지 않고 끼어드는 운전자를 미워하고, 지하철에서 큰 소리로 떠드는 사람을 미워하고, 남에게 상처 주는 말을 자주 하는 친구를 미워한다. 다른 사람을 쉽게 미워한다. 다 인성이 덜 되어서 그럴 것이다.

2018년 4월 27일, 그러니까 남한과 북한의 지도자가 만난 날, 문득 사람을 미워하는 마음에 대해 생각했다. 반세기 넘게 서로 미워하며 살아온 남한과 북한의 지도자가 평화의 길로 함께 나서는 장면을 지켜보며, 오래된 미움을 뒤로하고 남북의 평화를 응원하는 수많은 사람들, 특히 나이 지긋한 어른들이 감동하는 모습을 바라보며, 해묵은 미움을 물리치고 앞으로 한 발짝 나아가는 모습을 목격하며, 나 자신의 과거를 돌아보았다. 내가 미워하는 사람들을 떠올렸다. 그 오래된 남북한 사이의 미움도 저렇게 뒤로 물러나는데, 이제는 나도 다른 사람들에 대한 미움을 거두어야 하지 않을까 생각했다.

　노트를 펼치고 미워했던 사람의 이름을 하나하나 적었다. 잠깐씩 만났다 지나쳐 간 사람들의 이름은 빼고, 꽤 오래 미워했던 사람의 이름을 적었다. 어린 시절에 나를 괴롭힌 친구의 이름을 적고, 다단계에 빠져서 주변 사람들에게 큰 피해를 입힌 학교 선배의 이름을 적었다. 첫 직장에서 자기만 생각하며 주변을 힘들게 했던 동료의 이름도 적었다. 자기네 식구의 이익만 생각하며 우리 집에 여러모로 피해를 끼친 친척의 이름도 적었다. 그 밖에도 여러 사람의 이름을 적었다. 적다 보니 미워하는 마음이 되살아났다. 적고 또 적었다. 그리고 놀랐다. 이렇게나 많은 사람을 미워하며 살아왔다는 사실에.

　노트에 적힌 사람들의 이름을 한참 바라보았다. 이제 어느 정도 미움이 사라진 사람도 있고, 아직 미워하는 마음이 여전한 사람도 있었다. 일단 미움이 사라진 사람의 이름을 지워나갔다. 그러고 나니, 모두 네 사람의 이름이 남았다. 남은 사람의 공통점은 지금도 나와 만나고 있거나 앞으로 자주 마주칠 가능성이 높은 사람이었다.

처음에는 네 사람을 미워하는 마음을 모두 버려야겠다고 생각했다. 다른 사람을 미워하는 일은 참 힘든 일이다. 다른 사람을 미워하게 되면 자기의 마음이 제일 괴로운 법이니까. 하지만 그러기는 어렵겠다는 생각이 들었다. 그 사람들을 모두 가뿐한 마음과 웃는 표정으로 마주할 자신이 없었다. 아직 마음 공부가 덜 되었기 때문일 것이다.

네 사람의 순서를 정했다. 미워하는 마음이 큰 순서대로 첫 번째부터 네 번째까지 정했다. 그리고 세 번째까지는 그대로 미워하더라도, 네 번째 사람만은 더 이상 미워하지 않기로 마음먹었다.

네 번째 사람은 그리 나쁜 사람이 아니다. 그저 고집이 좀 세고 자기 생각을 여과 없이 표현하는 편이다. 자기 일에는 부지런하지만 함께하는 일에는 좀 게으른 편이다. 나와 별다른 연결 고리가 없다면 그저 좀 얄미운 편이라고 가볍게 넘길 만한 사람이다. 하지만 가까운 거리에서 생활하다 보니, 얄미운 모습을 자꾸 보게 되고, 그러다 보니 목록에서 네 번째를 차지하게 된 것이다.

이제 그 사람을 만나면 더 이상 피하거나 미워하지 않고 웃는 표정을 지으려고 한다. 그 사람이 어떤 행동을 할 때, 선입견을 갖지 않고 바라보기로 했다. 처음 사귄다 치고 다시 관계를 잘 맺어보자고 생각했다.

잘될지는 모르겠다. 막상 그 사람과 마주치면 도로 미워하는 마음이 생겨날지도 모르겠다. 그러나 노력해보려고 한다. 네 사람이나 미워하는 건 너무 피곤한 일이니까. 게다가 나에게는 아직도 미워하는 사람이 세 사람이나 남았으니까. 언젠가 네 번째 사람을 미워하는 마음이 사라지고 미워하는 사람을 둘로 줄여도 될 만큼 더 나은 사람이 되면 세 번째 사람을 미워하지 않는 노력도 해볼 생각이다. 언제가 될지는 모르겠지만.

마음 저울

가까운 사람 중에 아주 매력적인 사람이 있다. 글도 잘 쓰고 말도 잘한다. 다른 사람에게 늘 친절하고 마음 씀씀이도 훌륭하다. 더구나 외모도 수려한 편이다. 이러니 사람들이 그 사람을 좋아하지 않을 까닭이 없다. 친구들 사이에서 인기가 높고 동료들 사이에서도 평판이 좋으며 어른들에게도 사랑을 많이 받는다. 자연스레 칭찬이 쏟아진다. 그 사람은 겸손하기까지 하다.

한번은 그 사람에게 물었다. 칭찬을 받을 때 어떤

느낌이냐고. 그랬더니 그 사람은 감사한 일이라고 하면서도 이런 놀랄 만한 말을 했다.

"사실은 별 감흥이 없어. 잘 믿기지 않거든. 칭찬은 왠지 마음에 닿지 않는 느낌이야. 나쁠 건 없지만 그렇다고 아주 기쁘지는 않아."

더 따져 묻지 않았지만, 참 겸손하구나 생각하면서도, 다른 한편으로는 칭찬이 귀한 줄을 모르는 게 아닌가 싶은 생각도 들었다.

사실, 나는 칭찬받는 일이 많지 않다. 물론 살다 보면 가끔 칭찬받을 때도 있다. 그럼 감사 인사를 하며 아주 기분 좋게 여기는 편이다. 굳이 손사래 치고 겸손해하며 그 기쁨을 누그러뜨리기보다는 적극적으로 누린다. 기쁨을 만끽한다. 가끔 있는 일이기 때문에 주변 사람들도 너그럽게 여기리라 믿으면서.

그런데 칭찬을 받아도 겸손해하는 그 사람을 보며, 그리고 별다른 감흥이 없다는 말을 들으며, 칭찬을 헐하게 여기는 마음에 좀 괘씸한 생각마저 들었다. 내가 그동안 기쁜 마음으로 누렸던 칭찬이 보잘것없게 느껴졌다.

한번은 그 사람을 만나서 이야기를 나누는데, 영 풀이 죽은 모습이었다. 왜 그러느냐고 물었더니 주변 누군가에게 싫은 소리를 들었다고 털어놓았다. 처음에는 자기가 무슨 큰 잘못을 한 것도 아닌데 왜 그러는지 모르겠다며 푸념했다. 그러다가 세상 사람이 다 자기를 미워하는 것 같다고 말했다. 나중에는 자기가 어떻게 해야 할지, 더 나아가서는 어떻게 살아야 하는지 도무지 모르겠다고 이야기했다.

그가 안쓰럽고 안돼 보였다. 그러는 한편으로는 이런 생각도 들었다. 남의 무수한 칭찬에는 별다른 감흥을 느끼지 못하는 사람이 왜 단 한 번의 비난으로 이렇게 힘들어하는 걸까.

곰곰이 살펴보면 그 사람이 누군가에게서 들었다는 말은 비난보다는 질책에 가까웠고, 납득이 가는 부분도 있었다. 아마 그 사람이 비난을 접하는 상황이 많지 않다 보니, 작은 비난에도 몸이 휘청일 만큼 상처를 받은 게 아닌가 싶었다.

나는 비난이나 비판, 질책 또는 꾸중과 친근해서인지 쉽게 털어내는 편이다. 워낙에 그런 상황이 많다 보니 그런 것들을 모두 고민할 수가 없는 형편이었다. 아마 일일이 고민했다가는 걸어 다니지도 못했을 것이다.

나는 참지 못하고 물었다. 왜 남들의 칭찬에는 별다른 감흥을 느끼지 못하면서 단 한 번의 비난에는 그렇게 크게 상처를 입느냐고. 그 사람이 대답했다.

"그러게. 왜 그러지?"

그 사람에게 작은 비난에 너무 신경 쓰지 말라고, 작은 것을 너무 크게 느끼지 말라고 말해주었다. 오히려 수많은 사람들이 당신에게 건넸던 칭찬을 기억하는 게 낫지 않겠냐고 조언했다. 당신은 많은 사람에게 사랑받고 있다고, 그것은 저리 미뤄두고 작은 비난의 무게를 과도하게 느끼는 건 좀 이상하지 않냐고 이야기했다.

이야기하고 나서는 이런 생각도 들었다. 내가 뭐라고, 저렇게 사랑을 많이 받는 사람한테 주제넘게 조언하는 걸까.

칭찬이 어떤 사람을 더 훌륭하게 만드는 일이 많다. 스승의 칭찬이 제자를, 부모의 칭찬이 아이를, 친구의 칭찬이 친구를 바꾸는 일이 많다. 그러나 못지않게 비난이 어떤 사람을 구렁텅이에 빠뜨리는 일도 많다.

다른 이의 비난 때문에 마음이 쓰여서 아무것도 하지 못하는 사람이 참 많다. 자신이 잘못 살아왔나 생각하는 사람도 적지 않다. 누군가의 비난으로 마음이 무너질 것 같은 때, 누군가에게 들었던 칭찬을 떠올려보는 건 어떨까. 자신에게 칭찬을 건넸던 사람들의 얼굴을 떠올려보는 건 어떨까. 칭찬과 비난의 무게를 마음속 저울로 재어봤으면 좋겠다.

누군가는 이것을 정신 승리라고 부를지도 모르겠다. 그러나 나는 칭찬과 비난의 무게를 정확하게 느끼는 균형 감각이라고 말하고 싶다.

늘 솔직할 수 있을까

어렸을 때부터 어른들에게 솔직하라는 이야기를 자주 들었다. 무슨 잘못을 저질렀을 때, 선생님이나 부모님이 다그치며 이야기했다.

"솔직히 말해봐!"

솔직히 말해서, 솔직히 말하기는 정말 어렵다. 그랬다가는 괜히 상대가 알지도 못했던 잘못까지 말해서 더 많은 질책을 받기가 쉽다.

나이가 들어서도 마찬가지다. 연인의 선물을 받고 나서 맘에 들지 않는다고 솔직하게 말할 수 있을까?

이제는 당신과 만나는 게 재미없어서 헤어지고 싶다고 말할 수 있을까? 함께 사는 사람이 해준 음식을 먹으면서 맛없다고 솔직하게 이야기할 수 있을까? 직장을 그만두겠다고 사표를 내면서 그 이유가 바로 사표를 받는 당신이라고 솔직하게 말할 수 있을까?

나는 그러지 못했다.

솔직해지지 못한 건 미안함과 곤란함 때문이다. 연인이 마음을 써서 준비한 선물을 받으며 굳이 마음에 들지 않는다고 해서 속상하게 할 필요가 있을까? 헤어지는 마당에 연인에게 굳이 당신이 싫어졌다고 말해서 상처를 줘야 할까? 함께 사는 사람이 정성스럽게 요리한 음식을 먹으며 굳이 맛이 없다고 해서 의기소침해지게 해야 할까? 사표를 쓰면 다시 보지 않을 사람인데, 굳이 상사의 잘못을 솔직하게 이야기해서 서로 얼굴을 붉혀야 할까?

그래서 나는 여자 친구가 사준, 그러나 맘에 들지 않는 티셔츠를 한동안 입어야 했다. 헤어지자는 말을 빙빙 돌려서 이야기하다가 정말 비겁한 인간이라는 힐난을 들었다. 아내가 해준 음식의 간이 안 맞았지만 꽤 오랫동안 그냥 먹어야 했다. 내가 그만둔 회사에서는 변하지 않는 상사 때문에 많은 사람들이 고생해야 했다.

나는 솔직하지 못했다. 상대에게 상처를 주지 않기 위해서가 아니라, 결국은 내가 나쁜 사람이 되고 싶지 않아서, 내가 상처 받고 싶지 않아서였다. 전 여자 친구의 말대로 비겁했기 때문이다.

다시 그런 상황이 되면 나는 솔직해질 수 있을까?

얼마 전에 동화 『랄슨 선생님 구하기』(앤드루 클레먼츠 지음, 내인생의책 2004)를 읽었다. 이 책은 초등학생 주인공이 자신만의 신문을 만드는 과정에서 벌어지는 이야기를 다룬 동화다. 주인공은 담임 선생님의 잘못을 비판하는 글을 자기 신문에 싣는데, 그 때문에 그만 선생님이 해직될 위기에 처한다. 주인공은 이 과정을 통해 신문이 '사실'을 전달하는 것을 넘어 '진실'을 전달해야 한다는 것을 알게 된다. 교장 선생님은 주인공에게 이야기한다.

"진실은 좋은 거야. 그리고 진실이 알려져야 하는 것은 당연한 거고. 그래도 그런 진실을 발행할 때는, 반드시 자비와 함께 해야 한단다. 그렇다면 모든 게 좋지."

솔직할 수 있을지에 대해 고민하던 나는 그 말을 조금 바꾸어서 받아들였다. 솔직함은 좋은 거라고, 솔직해야 하는 것은 당연한 거라고, 그러나 솔직할 때는 반드시 자비와 함께 해야 한다고, 그렇다면 모든 게 좋다고.

솔직해야 하는지, 그러지 말아야 하는지를 오랫동

안 고민해왔다. 어떻게 솔직해야 하는지를 생각해본 적은 없다. 만약 상대를 진심으로 배려하는 자비로운 마음에서 솔직하게 이야기했다면 어땠을까.

상황은 많이 달라졌을 것이다. 아마도 티셔츠를 사준 여자 친구는 기분이 나빴겠지만, 우리는 함께 손을 잡고 매장에 가서 다른 티셔츠로 교환했을 것이다. 여자 친구에게 솔직하게 헤어지자고 이야기했다면, 아마도 여자 친구는 큰 상처를 받았을 테고 나도 괴로웠겠지만, 추억의 마지막이 비겁함으로 점철되지는 않았을 것이다. 아내에게 음식의 간이 맞지 않는다고 이야기했다면, 아내는 어쩌면 속이 많이 상했겠지만, 길게 보자면 우리의 저녁이 좀 더 즐거워졌을 것이다. 직장 상사에게 솔직하게 퇴사 이유를 밝혔다면, 어쩌면 그분이 자기의 잘못을 깨우치는 기회가 됐을지도 모른다.

나는 앞으로 조금 더 솔직해지기로 했다. 물론 자비와 함께 하기 위해서 노력할 것이다. 그 솔직함이 어떤 결과를 만들어낼지 궁금하다.

갈매나무를 닮은 사람

가깝게 지내는 직장 동료와 저녁을 겸해서 술을 한 잔했다. 7년 가까이 같은 부서에서 함께 일한 그가 말했다. 아무래도 회사를 그만두어야 할 것 같다고. 무엇을 하려는 계획이냐고 물었다. 회사를 그만두고서 고민해보겠다고, 일단은 쉬고 싶다고 말했다. 술잔을 기울이다가 집으로 돌아왔다. 쓸쓸한 마음으로 그와 함께한 시간을 돌이켜 보다가, 도대체 회사란 무엇인지 직장이란 무엇인지 생각해보았다.

회사는 '일하는 곳'이다. 회사가 직원을 고용하는 가장 큰 이유는 '이익'을 내기 위함이라는 걸 부정하기 어렵다. 어떤 사람들은 그것이 전부라고 생각하는 듯하다. 그래서 이익과 효율이라는 명분을 내세우며 개인의 기본적인 권리를 무시하거나 불합리한 일을 강요한다. 사람들이 회사에 다니는 가장 큰 이유는, 무엇보다도 생계를 꾸려가기 위해서다. 그래서 부당한 일이 벌어져도 묵묵히 참거나 침묵하는 경우가 있다. 이런 분위기에서는 아무래도 협력과 연대가 이루어지기 어렵다. 더 많은 성과를 내는 일에 집중하기 마련이다. 이런 생각이 널리 퍼지면 나란히 앉은 동료끼리 경쟁하고 같은 사무실을 쓰는 팀끼리 경쟁하고 한 회사에 속한 서로 다른 부서끼리 경쟁할 수밖에 없다. 누구는 그것이 자연스럽다고 말할 테고 누구는 그것이 불가피하다고 말할 것이다.

인정한다. 나도 회사는 일하는 곳이라고 생각한다. 경쟁하는 곳이라고 생각한다. 그러나 그것뿐이라면 얼마나 삭막하고 막막할까. 말을 조금 보태어, 회사가 '사람들이 모여 함께' 일하는 곳이면 좋겠다. 도움을 주고받고 자기 생각을 자유롭게 이야기하고 상대의 이야기를 경청하며 함께 일하는 곳이었으면 좋겠다. 나아가 나이, 직급, 성별 등과 무관하게 서로 마음을 나누며 벗이 되는 공간이면 좋겠다.

회사에 관해 이야기할 때 '인사가 만사'라는 말이 자주 등장한다. 좋은 인재를 뽑아서 적절한 곳에 배치하면 모든 일이 순리대로 돌아간다는 뜻으로 쓰인다. 나는 '인사가 만사'라는 말의 뜻은 어쩌면 모든 게 사람의 일이라는 뜻이 아닐까 생각한다. 모든 게 사람의 일이라면, 우리가 그렇게 믿는다면 서로 협력하고 연대할 수 있지 않을까.

회사에 다니다 보면, 경쟁을 즐기는 사람도 있고, 협력을 더 중요하게 여기는 사람도 있다. 그가 어떤 사람인지 가장 극명하게 드러나는 순간은 역설적이게도 그들이 회사를 그만둘 때다.

여러 불가피한 사정들을 무시하고 조금 거칠게 나누자면, 경쟁을 선호하는 사람들은 경쟁에서 승리했거나 패했을 때 회사를 떠난다. 그들은 경쟁에서 패했을 때 더 이상 회사에 남아 있을 이유를 찾지 못해서 그만둔다. 승리했을 때 역시 더 큰 경쟁, 더 큰 승리를 위해 직장을 떠나기도 한다. 경쟁에서 패했기 때문에 그만두려는 사람에게는 그러지 않아도 된다고 말해주고 싶었다. 마음이 아팠다. 경쟁에서 승리해서 더 큰 승리를 위해, 더 많은 연봉과 더 높은 지위와 더 나은 성과를 위해 직장을 떠나는 사람에게는 그저 미래를 응원하는 것밖에 방법이 없었다. 마음의 동요가 크지 않았다.

협력을 우선하는 사람이 회사를 떠날 때는 협력이 불가능해졌을 경우가 많다. 부단히 노력하고 애썼지만 더 이상은 협력이 불가능하다고 생각할 때, 그 노력이 별다른 소용이 없어서 지칠 때, 그들은 사표를 던진다. 협력을 선호하는 사람이 회사를 떠날 때는 깊은 고민에 빠질 수밖에 없었다. 내가 다니는 직장은 협력이 불가능한 곳인가, 나는 협력을 우선하는 사람이었나, 어쩌면 협력이 불가능했던 데 내 책임은 없나, 생각했다. 씁쓸하고 쓸쓸해졌다.

회사에서 만난 사람 중에는 유달리 경쟁을 즐기는 이도 있고 눈에 띄게 협력과 연대를 중요하게 여기는 이도 있었다. 많은 사람들은 그 사이를 오가는 것 같다.

회사를 그만두겠다고 이야기한 동료는 맑고 다정하고 강건한 사람이다. 백석의 시 「남신의주 유동 박

시봉방」에 나오는 "그 드물다는 굳고 정한 갈매나무" 같은 사람이다. 회사를 떠나는 그를 진심으로 응원하면서도 한편으로는 쓸쓸하고 쓸쓸하다. 좋아하는 사람을 떠나보내는 일은 도무지 익숙해지지 않는다.

3초

나는 어렸을 때 상당히 내성적이었고, 다른 사람과 대화하는 걸 어려워했다. 특히나 공식적인 자리에서는 되도록 말하지 않으려 했고, 어쩔 수 없이 말해야 하는 상황이 되면 심장이 너무 빨리 뛰고 몸이 덜덜 떨려서 곤욕을 치렀다. 다른 사람들 앞에서 말하는 걸 두려워하다 보니 반장 같은 건 엄두도 내지 못했다. 그런데 고등학교 1학년 겨울방학 때였다. 불쑥 이렇게 내성적이고 소심하게 살고 싶지 않다는 생각이 들었다. 남들 앞에서 그럴듯하게 말하고 싶었다.

좀 더 당차게 살고 싶었다. 그래서 굳게 마음먹었다.

'2학년이 되면 꼭 반장을 하자. 아무도 나를 추천할 리가 없으니, 선생님께서 반장 하고 싶은 사람 있느냐고 물을 때 손을 들자. 그리고 앞으로 누가 질문 있느냐고 물었을 때, 궁금한 게 있으면 주저하지 말고 손을 들자.'

2학년이 되었다. 반장 선거가 있는 날, 나는 손을 번쩍 들었다. 그리고 수백 번이나 연습했던 그 말을 했다. "제가 한번 해보고 싶습니다." 아직도 그 말을 했던 장면이 뚜렷하게 기억난다. 겨울방학 동안 몇 번이나 고쳐 썼던 연설문을 읽을 때 온몸을 휘감던 떨림까지도. 운이 좋게도 따뜻한 친구들 덕분에 반장이 되었다. 그 이후부터는 늘 궁금한 게 있으면 질문하는 사람이 되었다. 지금도 많은 사람 앞에서 이야기를 할 때면 긴장되지만, 그 긴장감을 숨기고 이야기를 할 수 있는 정도는 되었다.

기억력이 시원치 않아서, 고등학교 1학년 겨울방학 때 도대체 왜 그런 결심을 했을까 생각해보면 명확하게 기억이 나지 않는다. 다만 그때 누군가를 처음으로 짝사랑하기 시작했는데, 아마도 내성적인 성격에서 벗어나고 싶었던 이유가 그 짝사랑과 연관이 있는 것 같다. 사랑의 힘이란 이렇게 대단하다.

자주 다짐하고 노력한 덕분인지, 말하는 걸 어려워하지 않게 되었다. 아내와 연애 시절에는 밤마다 한참 동안 통화했다. 자정을 넘기고 한두 시가 되어서야 전화를 끊고 잠들었다. 거의 매일 통화를 했는데도 늘 이야깃거리가 넘쳤고 대화가 끊이지 않았다. 심지어 경쟁적으로 이야기하기도 했다. 이튿날 아침이면 회사에서 만날 수 있었는데도 말이다.

회사에서도 왜 안 그렇겠나. 여럿이 모여서 회의를 하거나 다 같이 밥을 먹거나 차를 마실 때도 말이 많은 편이다. 내가 요즘 관심을 가지고 있는 시사 이슈에 대해 이야기를 꺼내기도 하고, 주변에서 벌어지는 재미있는 이야기를 전달하기도 한다. 회사 동료들에게는 어쩌면 점심시간이 한 시간뿐이라는 게 다행스럽게 여겨질지도 모르겠다.

다른 사람들과 사소한 이야기를 나누는 것도 좋아하지만, 주변이나 사회에서 벌어지는 문제에 대해 논쟁하는 것도 즐기는 편이다. 얼마 전에는 사회적으로 물의를 일으킨 사람의 문학작품에 대한 평가를 두고 회사 동료들과 논쟁을 벌였다.

이즈음에서 이야기가 마무리된다면 참 훈훈하겠다. 하지만 좋은 게 좋은 게 아니고 나쁜 게 나쁜 게 아니라는 이야기가 있듯이, 이런 변화가 꼭 긍정적이지만은 않았다. 요즘 내가 자주 하는 다짐은 말을 줄이고 다른 사람의 이야기를 듣자는 것이다. 20년 전과는 정반대의 다짐이다.

내성적이고 소극적인 성격을 고쳐보자고 다짐하고 부단히 노력한 덕분에 나는 다른 사람과 이야기하는 걸 좋아하는 사람이 되었다. 하지만 어느새 말을 많이 하는 사람이 되고 말았다. 다른 사람과 함께 있을 때 내가 너무 오랫동안 이야기하지 않는지 걱정해야 하는 지경에 이르렀다. 말하는 걸 좋아하다 보니 실수가 많았다. 가끔은 다른 사람의 사정을 헤아리지 않고 이야기하다가 아차 싶을 때가 있다. 별 것도 아닌 문제를 두고 너무 열떼게 논쟁하다가 얼굴을 붉히는 일도 없지 않다. 그럴 때는 말을 줄이고 다른 사람의 이야기를 귀담아듣자고 다시 한번 다짐하지만, 그 다짐이 실천으로 이어졌다면 내가 그 다짐을 자주 할 까닭이 없었을 것이다.

과연 내가 말을 줄일 수 있을까. 아, 그것은 형벌처럼 느껴지기도 한다. 내성적이고 소심했던 어린 시절의 내가 남들 앞에 나서서 이야기해야 했을 때처럼. 그렇다고 다른 사람의 말할 기회를 뺏으면서까지 말을 많이 하고 싶지는 않다. 그래서 결국 나는 지키지도 못하는 다짐을 하는 대신, 말을 할 때 한 가지 원칙을 세우기로 했다. 공식적인 회의나 논의가 벌어지는 자리가 아닌 사적인 대화를 나누는 자리라면 잠시 기다렸다가 말하기로 마음먹었다. 간단한 추임새가 아니라면 다른 사람의 이야기가 끝난 뒤에 3초를 기다렸다가 말하기로 했다. 3초 사이에 누군가 이야기를 이어가면 그가 말을 끝내길 기다렸다가 다시 3초를 기다리기로 마음먹었다.

아끼는 말

옷 만드는 사람이 자기의 패션에 신경을 쓰듯이, 신발 만드는 사람이 자기의 신발을 잘 관리하듯이, 글을 쓰고 책 만드는 일을 하는 나는 늘 말을 정확하고 바르게 쓰려고 노력하는 편이다. 되도록 쓰지 않으려고 하는 말도 몇 가지 있다.

미안한데,라는 말은 되도록 쓰지 않으려고 한다. 그 말은 앞으로 당신에게 미안해질 말을 할 테니 감안하고 들으라는 말처럼 느껴진다. 얼마쯤은 폭력적인 느낌마저 들어서 되도록 쓰지 않는다. 어쩔 수 없이 상대에게 미안한 이야기를 할 수밖에 없을 때도 있다. 그럴 때는 먼저 이야기를 다 하고 나서, 이런 이야기를 해서 미안하다고 덧붙인다. 그렇게 한다고 해서 상대가 불쾌해지는 것을 막을 수야 없겠지만, 불쾌한 마음의 수위를 조금은 낮출 수 있지 않을까 싶다.

비슷한 이유로 쓰지 않는 말들이 몇 가지 더 있다. 솔직히 말하면,이라는 말도 그렇다. 이 말을 자주 쓰는 사람의 이야기를 듣다 보면, 그럼 저 말을 붙이지 않은 다른 말들은 솔직하지 않은 이야기인가 하는 삐딱한 생각이 든다. 말의 솔직함은 그 내용과 함께 말하는 사람의 태도에서 자연스럽게 느껴지는 것이다. 솔직하게 말하면,이라는 불필요한 말로 솔직함을 드러낼 수 없다. 오해하지 말고 들어,라는 말도 마찬가지다. 상대가 오해하지 않게 하려면 정확하고 따뜻하게 이야기해야 할 것이다. 오해하지 말라는 말 한

마디로 상대가 오해하지 않도록 한다는 것은 가능하지도 않을뿐더러 괜스레 불쾌감만 높일 뿐이다.

농담이야,라는 말도 쓰지 않으려 노력한다. 이 말은 보통 다른 사람의 기분을 불쾌하게 해놓고 수습하려 할 때 자주 쓰인다. 농담은 상대와 함께 웃자고 하는 것이다. 그런데 농담을 해서 상대가 함께 웃지 않고 불쾌함을 느꼈다면 그것은 실패한 농담이다. 그것은 농담이 아니다. 그러므로 그때 농담이라고 말해봐야 무의미하다. 농담이야,라는 한마디에 상대의 불쾌함이 풀릴 리 만무하다. 그러니 성공했다면 굳이 농담이라는 말을 덧붙일 필요가 없고, 실패했다면 농담이라는 말이 무색하다. 농담이야,라는 말은 쓸모가 없는 말이다. 농담이라고 생각하고 던진 말에 상대가 불쾌감을 느낀다면, 그때는 미안하다고 말해야 한다.

아예 쓰지 않는 건 아니지만 바르고 정확하게 그

리고 아껴서 쓰는 말도 있다. 성별에 관한 말들이다. 여자, 남자, 누나, 형, 소녀, 소년처럼 성별의 차이를 확연하게 드러내는 말은 아껴서 쓰는 편이다. 이를테면, 누군가를 가리켜야 할 때 남자나 여자라는 말을 빼고서 그 사람을 설명하려 노력한다. 저기 안경 쓴 사람, 저기 미키마우스 그려진 티셔츠 입은 사람이라고 설명한다. 물론 여러 명 중에서 이성이 한 명뿐이라면 성별로 그를 가리키는 게 더 효율적일지도 모른다. 하지만 그런 상황에서도 굳이 성별을 제쳐두고 다른 특징으로 설명하려고 한다. 어떤 인간의 특징을 성별로 먼저 구분 짓는 것은 어쩌면 그 사람의 많은 면모를 가릴 수도 있다고 믿기 때문이다. 누군가를 성별로 구분 짓지 않는 것만으로도 그 사람의 다른 수많은 면모를 발견할 수 있다고 믿는다.

가끔 내가 아는, 그리고 서로 모르는 두 사람을 소개했다가, 나중에 가벼운 힐난을 듣는 일도 있다.

"그분이 남자인 줄 알았는데 깜짝 놀랐잖아."

"여자라는 말을 왜 안 했어?"

그럴 때는 가볍게 미소를 지으며 별다른 대답을 하지 않고 넘어간다.

물론 어떤 말을 쓰지 않거나 잘 가려서 쓰는 일은 나 자신의 일이다. 다른 사람에게 강요하거나 따져 물을 수는 없는 일이다. 하지만 세상 모든 사람이 좀 더 멋지고 편안한 신발을 신었으면 하고 신발 만드는 사람이 바라듯이, 나도 세상 사람들이 더 바르고 정확하고 편안하며 따뜻한 말을 썼으면 하는 바람을 가지고 있다.

한 걸음 물러서기

살다 보면 곤혹스러운 순간이 있다. 상황에 대한 정확한 판단도 되지 않고 어떻게 해야 할지 도무지 모르겠어서 당황해할 때가 있다. 아무것도 하지 못하고 답답해하다가 시간이 지나기 일쑤다. 이런 일이 자주 있다 보니 곤혹스러운 순간을 어떻게 대처해야 할까 고민하다가, 만약 다른 사람이라면 이 상황을 어떻게 대처할지 생각해보았다. 다른 사람이라면, 그 사람이 훌륭한 사람이라면, 나보다 더 나은 선택을 하리라는 생각으로.

화가 나서 곤혹스러울 때가 있다. 자동차를 운전하고 가는데 갑자기 다른 차가 끼어들 때, 회사 동료가 별일 아닌 일로 짜증을 낼 때, 누군가 말도 안 되는 이유로 비난할 때, 얼굴도 이름도 모르는 사람이 사무실로 전화를 걸어서 다짜고짜 고함을 지를 때, 나에 대한 험담을 전해 들었을 때, 그래서 머리끝까지 화가 났을 때, 눈앞이 캄캄해져서 아무 생각도 들지 않을 때, 나는 일단 숨을 길게 내쉰다. 그리고 부처님이라면 이 상황에서 어떻게 했을지 생각한다. 부처님이라면 이런 상황에서도 화를 내지 않았으리라 생각하며, 화를 가라앉히려고 노력한다. 부처님이라면 허허 웃었으리라 생각하며, 어색하게나마 허허 웃어본다. 물론 내가 부처님인 척한다고 해서, 부처님이 되는 것은 아니다. 그 상황을 아무렇지도 않게 이겨내지는 못한다. 내 앞에 함부로 끼어든 차를 향해 소리

를 지를 때도 있고, 나를 비난하는 사람에게 대거리
할 때도 있다. 하지만 부처님이라면,이라는 생각만
으로도 마음이 조금 누그러지고 상대에게 화를 내는
대신 상황을 차분하게 풀어내야겠다는 생각이 슬며
시 고개를 든다. 농담을 조금 섞어서 말하자면, 다 부
처님의 은덕이다.

두려워서 곤혹스러울 때도 있다. 상식에 어긋나
는 일이 벌어질 때, 관행이라는 이유로 불합리한 일
을 지속적으로 해야 할 때, 내 곁의 누군가가 부당하
게 차별받을 때, 좀 더 크게는 사회적으로 옳지 못한
일이 벌어졌을 때, 그런 일에 대하여 나서서 항의하
고자 할 때, 그러나 항의로 인해서 피해를 입을 수도
있을 때, 그래서 머뭇거려질 때, 나는 가만히 노을 지
는 풍경 속의 어떤 저녁을 생각한다. 그 풍경 속의 나
는 고등학생이다. 조영래 변호사가 쓴 『전태일 평전』

(돌베개 1983, 개정판 아름다운전태일 2009)을 읽고 있다. 점심시간이 지나고 오후 수업 시작할 때부터 선생님 몰래 책을 읽던 나는 노을이 질 무렵까지 그 책을 다 읽었다. 너무나 참담하고 슬픈, 그러나 너무나 아름다운 이야기를 읽고 나서 고개를 드니 창밖으로 노을이 지고 있었다. 가난하고 약한 사람들을 위해 살아야겠다, 전태일처럼 아름답게 살아야겠다, 이런 다짐을 하지는 않았다. 그러나 다짐을 하지 않은 것도 아니었다. 나에게 어떤 '초심'이 있다면, 바로 그때의 마음일 것이다. 그래서 두려움에 사로잡힐 때면, 그 붉은빛 노을을 떠올린다. 그렇다고 늘 두려움을 이겨내는 것은 아니다. 비겁하게 침묵할 때가 많다. 적당하게 타협하는 일도 적지 않다. 그래도 가끔은 두려움을 이겨내고 용기를 내서 한 걸음 앞으로 나아간다. 그 노을 지는 풍경을 떠올리지 않는다면, 그 작은 용기마저도 내기 어려웠을 것이다.

화가 날 때 부처님을 떠올리고, 두려울 때 전태일 열사를 떠올린다고 해서, 내가 아름다운 선택을 하고 훌륭하게 행동하지는 못한다. 그러나 그분들이라면 어떻게 했을까,라는 생각만으로도 상황을 좀 더 차분하게 바라보며 마음을 다독일 수 있다. 어쩌면 그분들이 늘 행했던 훌륭한 일을 나도 가끔은 해낼 수 있지 않을까 기대할 수도 있겠다.

마음 우물

고향에는 100세를 얼마 남기지 않은 할머니와 칠순 가까운 부모님이 살고 있다. 세 분이 살고 있는 집은 1982년에 내가 태어난 집이다. 세 분은 근처에서 살다가 댐 건설로 인해서 이사를 한 뒤로 40년 가까이 지금의 집에서 살고 있다.

　마당을 둘러싸고 집이 한 채, 소를 키우는 외양간, 그리고 농기구를 보관하고 곡식을 넣어두는 창고 하나가 ㄷ자 모양을 이루고 있다. 집 뒤쪽으로는 텃밭이 있는데 그 사이에 뒤란이 있다. 그곳에는 장독대와 수돗가가 있다. 그리고 어머니가 한때는 애써서 가꾸었던 좁다란 화단도 있다.

지난 40년 동안 흙 마당에는 시멘트가 깔리고, 슬레이트 지붕은 철제 지붕으로 바뀌고, 불을 때던 아궁이 대신 입식 부엌이 만들어지고, 구들장 대신 보일러가 놓이고, 마루는 거실로 바뀌었다. 하지만 집의 대들보부터 외벽은 그대로 두었기 때문에 겉으로는 크게 달라진 것이 없어 보인다.

눈에 띄게 달라진 게 있다면, 뒤란에 있던 우물이 사라졌다는 것이다. 내가 어린 시절에는 두레박으로 우물에서 물을 길어 올렸다. 주황색 고무로 된 두레박을 우물 속으로 내려서 이리저리 흔든 다음 줄을 끌어당기면 찰랑찰랑거리는 물이 두레박 가득 담겨 우물 밖으로 나왔다. 수도가 있었지만, 두레박으로 물을 길어 올려서 허드렛물은 물론이고 먹는 물로도 썼다.

어린 시절에 어째서 우물은 아무리 물을 퍼내도 마르지 않는지 궁금했다. 자꾸 어디선가 물이 흘러온다면 왜 우물 밖으로 흘러넘치지 않는지 궁금했다. 우물 속을 가만히 들여다본 적도 있다. 참 신기했다. 우물은 가뭄이 들었을 때 수위가 낮아진 적은 있지만 한 번도 그 바닥을 내보이지 않았다. 늘 두레박을 내리면 언제든 물을 한가득 채워서 올려주었다.

우물은 이제 없다. 우물이 있던 자리는 시멘트가 깔린 수돗가로 바뀌었다. 수도가 잘 연결된 덕분이고, 두레박으로 물을 길어 올리는 것이 더 이상 효율적이지 않은 일이 되어버린 때문이고, 안타깝게도 지하수가 오염되었기 때문이기도 하다.

이제는 없는 그 어린 시절의 우물이 가끔 떠오른다. 마음이 평화로운 때보다는 어지러울 때가 많다. 내 마음속에 필요한 무엇을 찾을 때 우물을 떠올린다. 누군가를 용서해야 하는데 용서하고 싶은 마음이 전혀 생겨나지 않을 때, 누군가를 이해해야 하는데 도저히 마음을 먹지 못할 때, 인내심을 발휘해야 하는데 도무지 참을 수 없을 때, 나는 기억 속에만 존재하는 고향 집 뒤란의 우물을 떠올린다.

우물 속에는 언제나 물이 가득했다. 팔에 힘을 주고 줄을 당기면 물이 담긴 두레박을 건네주었다. 아무리 부지런히 퍼낸다고 해도 사람의 힘으로는 우물의 물을 바닥낼 수 없다. 우물의 기억을 떠올리며 내 마음속에도 마르지 않는 우물이 있다고 생각한다. 그우물에 내 갈증을 해소해줄 시원한 마음이 가득하다고 생각한다. 팔에 힘을 주고 줄을 끌어당기면 시원한 마음을 길어 올릴 수 있다고 믿는다.

다른 사람에게 서운한 마음이 생길 때도 마찬가지이다. 저 사람은 왜 이해심이 없을까, 왜 인내심이 부족할까, 왜 배려심이 없을까, 하고 화가 날 때도 역시 우물을 떠올린다. 저 사람의 마음속에도 깊은 우물이 없을 리가 만무하다고 생각한다. 다만 그 우물의 물을 길어 올리지 못할 뿐이라고 생각하면 서운한 마음이 조금은 누그러진다. 언젠가 자기 마음속에 두레박을 내려서 시원한 마음을 길어 올리리라는 기대가 생기는 덕분이다.

자신에게 또는 다른 사람에게 어떤 마음이 부족하다고 느껴질 때가 있다. 모두의 마음속에 깊은 우물이 있다고, 지금은 아직 두레박을 그 우물로 드리우지 않았지만 언젠가는 시원한 마음을 길어 올릴 수 있다고 믿으면 조금은 도움이 된다.

더 나은 사람

사람이 달라지는 이유야 여러 가지가 있겠다. 마음을 요동치게 해서 과거와는 전혀 다른 사람이 되는 건 여러 계기가 있겠다. 좋은 책을 읽고 감명을 받아서일 수도, 존경하는 사람과의 만남을 통해 깨달음을 얻어서일 수도 있다. 어느 날 문득 특별한 계기 없이 인생의 전환점을 맞이할 수도 있겠다. 그러나 내가 생각하기에는 사람의 삶을 바꾸는 가장 강력한 계기는 역설적이게도 죽음이 아닐까 싶다.

나는 마음이 넓지도 못하고 이웃을 나 자신처럼

사랑하는 사람도 아니다. 평범하다면 평범하고 보잘
것없다면 보잘것없는 인간에 불과하다. 그러나 다른
사람에게 큰 폐를 끼치지 않으려고, 조금은 더 나은
사람이 되려고 노력한다. 사람들이 내 덕분에 즐거웠
으면 좋겠고, 그들에게 조금이나마 도움이 되었으면
좋겠고, 사람들이 나를 세상에 필요한 사람으로 여기
면 좋겠다. 내가 그런 사람이 되지는 못했더라도 생
각이나마 이렇게 품고 살아가는 건 아마도 몇 번의
죽음 때문이라고 생각한다.

스무 살 무렵에는 어린 날의 나를 데리고 다니며
이것저것 가르쳐주던 할아버지가 돌아가셨다. 그때
나는 어른이 되었다는 것을 실감했다. 누구의 울타리
안에서 살아가는 게 아니라 이제는 누군가의 울타리
가 될 나이가 되었다고 생각했다. 더 나은 사람이 되
어야겠다 마음먹었다.

존경하는 분의 갑작스러운 죽음도 나에게 큰 충격을 주었다. 오랫동안 고통스럽게 살아온 그분에게 내가 아무런 힘이 되어주지 못한 게 가슴 아팠다. 주변을 둘러보게 되었다. 또 다른 누군가가 고통스러워하고 있는 건 아닌지 살펴보게 되었다. 더 나은 사람이 되어야겠다 마음먹었다.

  버스를 타고 지나다니던 서울 용산역 앞의 한 건물에서 여러 사람이 불행한 죽음을 맞이한 일이 있었다. 진도 앞바다에서 많은 사람이 세상을 떠나는 슬픈 일도 있었다. 그들의 죽음은 함께 살아가는 세상 사람들에 대해 생각하게 했다. 내가 가진 능력으로는 턱없이 부족하겠지만, 그래도 억울하고 힘겨운 사람들에게 조금이나마 보탬이 되는 삶을 살았으면 좋겠다고 생각했다. 더 나은 사람이 되어야겠다 마음먹었다.

  그리고 나는 아들을 잃었다. 슬픔에 빠져 허우적거

렸다. 이제 행복한 날은 더 이상 남아 있지 않다고 확신했다. 그렇다고 모든 걸 포기할 수는 없었다. 그래서 행복 대신 보람이 있는 삶을 살기로 했다. 더 나은 사람이 되기로, 약속했다.

돌이켜 보니 나는 죽음과 함께 살아왔다. 어쩌면 죽음의 힘으로 살아왔는지도 모르겠다. 어쩌면 내가 더 나은 사람이 되고자 마음먹은 이유는, 다른 사람들에게 필요한 사람이 되겠다고 약속한 이유는, 죽음의 충격에서 벗어나고자 했던 안간힘이었을지도 모르겠다. 다른 사람을 위한 것이 아니라, 나 자신을 위한 이기적인 선택이었을지도 모른다. 그러나 그 안간힘마저 없었다면…….

앞으로 얼마나 더 많은 죽음과 마주칠지 모르겠다. 그런 일은 없었으면 좋겠지만 누군가는 내 곁을 떠날 것이다. 왜 죽음으로 인해 삶이 달라지는지 그 이유를 정확히 알지는 못하지만, 나는 또다시 더 나은 사람이 되어야겠다 마음먹을 것이다. 죽음으로 인해서도 달라지지 못한다면, 더 나은 사람이 된다는 건 가당치도 않을 테니까.

에필로그

너만 두고 올 수 없어서

내 마음도 거기 두고 와야겠지

— 「너무 멀다」

높고 어질게

아들이 태어나고 이름을 어떻게 지어야 할지 아내와 함께 고민했습니다. 부르기 좋은 이름을 떠올리며 입에서 자꾸 발음해보고, 좋은 의미를 담은 한자는 어떤 게 있는지 찾아보았습니다. 평소에 존경하던 인물들을 떠올리며 그들의 이름으로 아들의 이름을 지으면 어떨까 생각해보았습니다. 이름을 짓는 건 아무래도 조심스러운 일이어서 부모님과 장인어른, 장모님과도 상의했습니다. 결론은 어머니가 다니는 절에서 이름을 받아 오기로 했는데, 혹시 너무 이상하거나 촌스러운 이름이면 어떡하나 걱정이 되었습니다. 만약에 그런 일이 벌어지면 어떻게 해서든 그 이름을 물리고 다른 이름으로 지어야겠다고 속으로 다짐하기도 했습니다.

준현(峻賢).

어머니가 절에서 받아 온 이름입니다. 걱정했던 것처럼 이상하거나 촌스럽지 않았습니다. 너무 세련되지 않으면서도 무난한 이름이었습니다. 다행이었습니다. 높고 어질게 살아가라는 뜻도 마음에 들었습니다. 입 속으로 그 이름을 불러보다가 소리내어 그 이름을 발음해보았습니다. 노트에 한글로 적고 한자로도 적어보았습니다. 그리고 아들을 그 이름으로 불러보았습니다. 입에 익을수록 그 이름이 더 마음에 들었습니다.

높을 준(峻), 어질 현(賢).

이제 그 이름을 가졌던 아들은 이 세상에 없습니다. 높고 어질게 살아가라는, 그 이름의 무게를 질 사람이 없어졌습니다. 그러나 그 이름을 그대로 잊혀지도록 둘 수는 없겠습니다. 그 이름을 가만히 제 어깨 위에 올려놓기로 합니다. 높고 어질게, 아들의 이름으로 살아가겠습니다.

유병록

1982년 충북 옥천에서 태어나, 대학에서 문학을 공부했다. 2010년 동아일보 신춘문예에 당선하며 작품 활동을 시작했다. 시집 『목숨이 두근거릴 때마다』 를 펴냈다.

안간힘

초판 1쇄 발행 2019년 11월 8일
초판 4쇄 발행 2024년 05월 14일

지은이 유병록
펴낸이 윤동희
책임편집 이하나
디자인 장미혜

펴낸곳 ㈜미디어창비
등록 2009년 5월 14일
주소 04004 서울 마포구 월드컵로12길 7 창비서교빌딩
전화 02) 6949-0966   **팩시밀리** 0505-995-4000
홈페이지 http://books.mediachangbi.com
전자우편 mcb@changbi.com

ⓒ 유병록 2019
ISBN 979-11-89280-72-7 03810